WHERE THE WORLD ENDS

荒島男孩

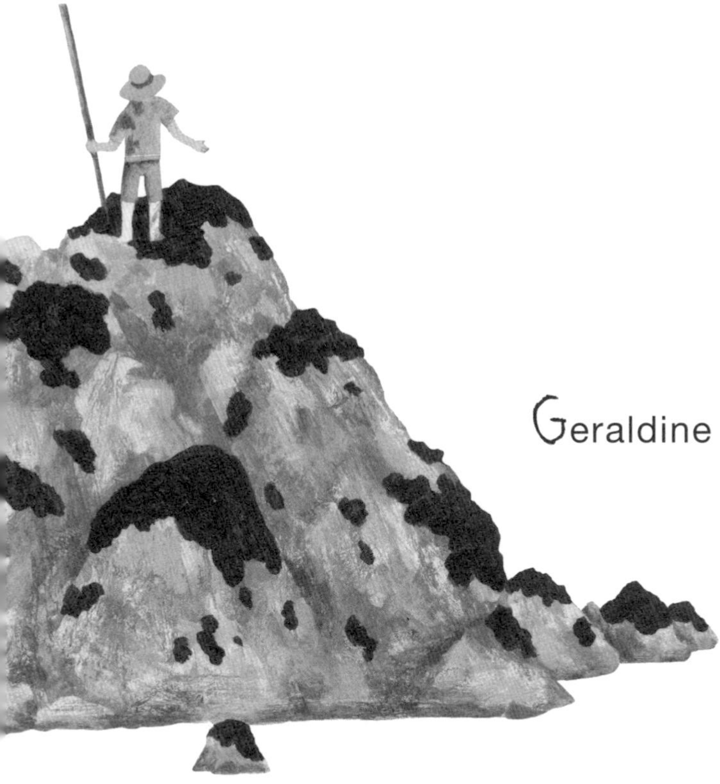

Geraldine McCaughrean
潔若婷・麥考琳

蘇雅薇　譯

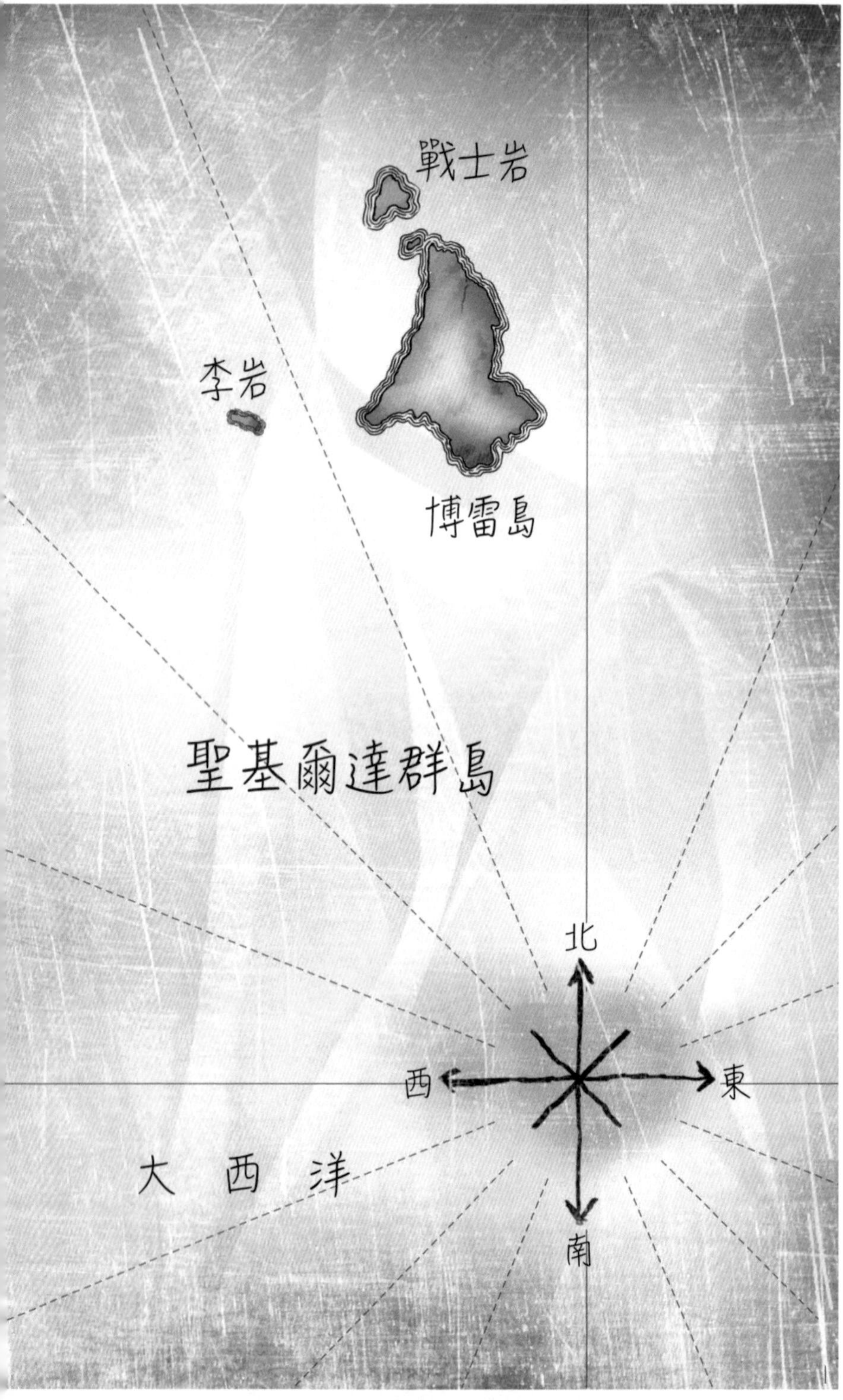
戰士岩
李岩
博雷島
聖基爾達群島
北
西
東
南
大 西 洋

聖基爾達,1727
劉易斯島
聖基爾達島
蘇格蘭
哈里斯島
斯凱島
索厄島
幽谷灣
柯拿椅丘
幽谷山
頂尖山
村落灣
東丘
頂尖脊
紅丘
赫塔島
堡寨島

獻給向我介紹基爾達群島的 Ailsa 和 Andy

目次

一個屬於歷史與人類經驗的故事——導讀《荒島男孩》

葛容均（國立臺東大學兒童文學研究所助理教授）

正如作者在其〈謝辭〉中所言，「世界」真的是「永不停歇提供我們能講的故事」，但亦如作者緊接說道，「從故事的初始概念到完成一本書，還有很遙遠的距離」。要將一個故事寫好，除了重要的「初始概念」或靈感發想，尚需作家自身豐富的想像力與文學寫作技巧，甚至相當程度的研究精神和**同理心**。我們這位讀者或許並不陌生的作家潔若婷．麥考琳不僅自我挑戰過往書寫的題材與文類，為了這部歷史相關的作品確實下了功夫；麥考琳做了關於聖基爾達群島的史料蒐集和閱讀功課（參見〈作者後記〉與〈謝辭〉），她的這番用功與查閱史實及史料的責任感，於撰寫並重新想像**歷史故事**，甚至在同理該段歷史所涉及的人們（時而為真實歷史人物）之層次上，特別重要。任何想要寫出成功歷史故事的作家皆該如此。

歷史故事終究不同於其他故事類型。**但凡涉及歷史的重新想像或再現，作家的責任都是沉重的。不僅如此，多少人類歷史演變與推進的過程中所付出的代價與犧牲，亦是沉重的。重述歷史或含有虛構成分之歷史故事，於閱讀端而言易不是件輕鬆的事，尤其當該段歷史的結果實在無法任由你我過度美化。**

誠如《荒島男孩》這般富含歷史素材，同時兼顧屬於該段歷史之文化特殊性質的作品，亦無法容許大小讀者草率恣意的翻頁覽讀。但這並不表示孩子們理當規避這類**乍看之下**恐感遙不可及之陌生，或與自身所屬歷史／文化毫不相干的故事。相反的，誠然同《荒島男孩》這樣的作品閱讀可能索求讀者的耐心，可一旦作家能將晦澀難懂的歷史藉由引人入勝的故事形態展現，其敘事元素（地景描繪、角色塑造、情節發展等）凸顯該名作家的獨到眼光和專屬光芒，便不難引領兒少讀者進入故事世界，憑此激發兒少對於「人類經驗」（human experience）的好奇心，增廣對於其他國家和文化的歷史視野，**甚至多少能為兒少讀者提供攸關人類集體歷史進程**

的想像與理解。

而「孤島生存」（island survival）此主題自一七一九年笛福的《魯賓遜漂流記》以來，早已成為西方文學的一重要次文類。《荒島男孩》不是沒有《魯賓遜漂流記》與爾後《蒼蠅王》、《十五少年漂流記》等類似主題作品的影子，這即為麥考琳身為作家所展現於西方「孤島文學史」其發展脈絡中的傳承與持續的發想。例如，《荒島男孩》承繼了《魯賓遜漂流記》中一切可用資源的使用、勞動以求生的自助自救之精神、記錄時間的重要性，特別是在長日漫漫、孤立無援之際，不論是魯賓遜抑或本書中的成人與孩子們在信仰上的動搖甚至（瀕臨）崩潰的時刻。若真要比較，本書中的孩子們對「天堂」不停的追問和想像，乃至對「天使」朝思暮想的期盼，多麼令人動容！

於此同時，《荒島男孩》也似《蒼蠅王》、《十五少年漂流記》等作品（差異處暫且不論），描繪孩子們倘若要學著生存於孤島之上或嚴峻的環境當中，而可能會對彼此所產生的態度與行為，良善的在此便不贅述，意見分歧及爭吵在所難免，麥考琳也沒有避掉孩子們之間會有的霸凌、妖魔化，甚至獵巫等心態與行徑。筆者只為一點感到可惜——在這般成人與兒少能夠共存於孤島上或嚴峻艱險的情境裡，成人角色再次被側重刻畫的是他們有多軟弱無能、失德與失職！筆者更加偏好作品中當老老少少齊聚一堂，共同聆聽故事、吟詠詩歌，共同嘗試回憶家鄉、無盡思念故土的那些時刻。

總的來說，麥考琳確實是個認真的作家（《紅衣彼得潘》即為一例），於《荒島男孩》中，麥考琳透過史料考察並嘗試再現十八世紀聖基爾達群島的地景風貌與文化價值觀等，出版社則真誠的為兒少讀者保留且翻譯所需的知識與資訊（包括該作品提及的重要鳥類），如是種種皆為麥考琳身為作家以及譯者對於臺灣大小讀者的貢獻。光是閱讀戰士岩的地景風貌與生態環境、在這座島上所需的生存技能，於此同時如何記錄時間和守護記憶、如何在步步相逼的傷亡風險之下尋謀生機並秉持良善的人性、如何面對死亡與信仰及信念本身，如何理解每位成人與兒少角色其各自的性格與價值觀等……，身為讀者即能感受到作者書寫之用心，以及這部作品的精緻與深度。而《荒島男孩》最終的深度，就筆者而言，落在了作品的末尾章節，亦即，當這群捕鳥人終於返回故土之後……。

荒島男孩

第一章

橫渡

母親給他一雙新襪子和一隻旅途上吃的海鸚，在他臉頰上吻了一下。「奎利爾，上帝會保佑你安全，但不會保持你身體乾淨，你得自己來。」幸好她沒有試著緊抱他。

他和父親握手。父親頗為和善的提到：「地板需要挖一挖了，你回來之後可以幫我一把。」奎爾*走向船邊，父母當然跟在後頭，但道別的程序已經結束了。況且他大概一到三週就會回來了，他們只是要去其中一根岩柱，採收夏天的豐富物產：鳥肉、蛋、羽毛、油……

這個八月天銳利如刀鋒，燦爛的太陽把海都燒黑了。不，當下沒有噩兆預示接下來的災難，否則赫塔島民一定會發現。雲朵沒有分開，降下血雨，否則一定有人會記得。沒有邪惡的鳥停在哪家人屋頂上。海鷗飛過，在凱恩先生身上便溺，但這不怎麼奇怪。（可以的話，誰不想呢？）沒有跡象，沒有人人懼怕的噩兆。

赫塔島所有的男女幫忙把船推到海灘。三名男子和九名男孩爬上船，岸上幾個人舉起手：不算揮手，而是確認風沒有狠心偏離轉向。奎爾不知道本土來的少女是否在人群中，也沒有刻意去看。要是給船上其他男孩逮到，他會成為笑柄，所以他不去看。好吧，或許他有從眼角偷瞄一次或兩次。

島上的父親和叔叔、妻子和阿姨推著他們出海。不，鵝卵石沒有磨抓船的龍骨，海蚯蚓沒有從洞穴扭身鑽出來，把船拖回岸上。沒有異常的跡象當著他們的面大喊：別去！待在家！船順利出海了。

即使有噩兆，奎爾忙著想瞥見莫迪娜最後一眼，或許也就錯過了。

就算滿帆，前往大岩柱的旅途也可能耗時甚久。戰士岩體積龐大，看似雖近，其實還隔著超過六公里的開放海域，海水會堆疊成山丘和深谷，使距離加倍。小戴維第一次出海，奎爾看得出來他逐漸浮現暈船的跡象，恐懼也隨之攀升。如果歲月使他變得殘忍，有一天奎爾可能會想捉弄菜鳥，像惡霸肯尼斯用手肘撞他的胸口。但奎爾仍清楚記得自己第一次出海，當時他以為每回船頭向上晃動，船就會翻覆，浪頭之間船往下俯衝都可能沉入海底。他記得海浪比船的舷緣還高，噴起的水花濺

*編按：奎利爾的簡稱。

得他全身溼透。他記得生怕上岸時會出洋相，每天得證明他跟大夥兒一樣會捕鳥，又要擔心沒有床睡，晚上沒有母親安慰他……想到可憐的小戴維：他不是巢中最大隻的小鳥。奎爾心想，天哪，看看他，他已經換掉靴子，穿上襪子，準備要攀岩了。

戴維看來資歷太菜，又面露菜色，無法反抗肯尼斯的霸凌。不過他吐的時候，倒是決定吐在肯尼斯大腿上。真厲害的復仇，奎爾不禁心生讚嘆。

船駛過李岩，他們首次完整看到未來幾週的住處。約翰開始用腳拍打地板，其他人也跟著加入，直到（總是掃興的）凱恩先生叫他們別再吵鬧，否則會「吵醒所有安眠的過世水手」。歡鬧聲靜了下來，奎爾看到年幼的男孩們迷信的偷瞄兩側，以防過世水手真的出現。

船越靠越近，戰士岩也越來越大。有人甚至發誓岩柱自行往上推，像全身覆蓋藤壺的石鯨魚，把龐大身軀抬向天空，想吞下月亮。鄰近的博雷島上有大片綠草地，但戰士岩太大太陰暗，創世以來所有的鳥類都無法玷汙它。岩柱聳立在海中，像惡魔的一隻角一樣漆黑駭人，上頭擠滿了鳥兒。

想要抵達登陸點，船長必須繞過海岩柱底盤，直接通過名叫「垂懸石」的突出岩棚下方，鳥兒排泄物會永無止境的從上頭流下來。小船陷入沉默，每個大人和男孩（肯尼斯除外）都緊閉上嘴。「戴維，你看，你看上面！」肯尼斯一邊說，一邊拚命往上指，但戴維還算聰明，沒有中他的計。沒有人會在垂懸石下方抬頭，因此只有肯尼斯給鳥糞滴了一臉。

不過對奎爾來說，旅途最糟的階段不是行經垂懸石，而是登陸。海潮會往上濺起，淹過一塊突出的顛簸傾斜石塊。除非風準確從東北方吹來，沒有人會嘗試上岸。

家鄉老人談起岩柱，總是輕描淡寫像在描述食物儲藏室，塞滿上帝放在那兒的鳥兒，專門餵養赫塔島民。難道他們不害怕嗎？年輕的時候？去戰士岩捕鳥的時候？他們從來不怕從船身跳上峭壁嗎？船首起伏太快，岩壁似乎在眼前飛快上下晃動，水花飛濺可能害人眼瞎。你可能落在跟肥皂一樣滑的海草上，失足跌到船和岩塊之間。或者奎爾只是跟戴維一樣膽小如鼠罷了。

唐先生赤著腳，身上綁好繩索（以防落水時能把他拉回船上），手腕上捲著停船的繫泊繩。他勉強平衡站在船頭，穩住身子準備起跳。戰士岩垂直聳立在他們眼前，看起來像城堡要塞固若金湯的城牆，不過東諾・唐讓上岸看似簡單無比。捕鳥隊在船上排成一列：菲利斯先生和凱恩先生站在前頭，接著是莫多、奎爾和肯尼斯，隨後依照身高排列：卡倫、拉赫倫、約翰、尤恩、奈爾和戴維。他們不僅人要上岸，還要搬運袋子、網子、多捲繩索、燭芯、籃子、棍棒，以及一個破舊的馬鞍……

一隻冰冷的小手抓住奎爾的手腕。

他噓聲道：「回去排好隊。」可是戴維繼續抓著他，一句話也不說，只是從奎爾看向峭壁，再從奎爾看向起伏的海浪，不斷搖頭。奎爾把吃到一半的海鸚丟到一旁，拿一捲繩索纏住身子。輪到他的時候，他抓住小男孩的手臂，緊到戴維尖叫一聲。他帶著戴維跳上岸，一會兒後，一道閃亮的大浪沖過登陸點，但奎爾早跳開了。他叫道：「你看，很簡單吧？……只是下次快點把腳抬起來！」戴維急忙爬上岩壁，他的新襪子全溼了，像鴨子的蹼拍拍打打，奎爾看到，不禁笑了起來。

他回頭看著船。船上排隊的男孩左手緊抓行囊，指節用力到泛白，右手也緊緊握拳，咬緊牙關，大家都希望跳上岸時別自尊受損，別摔斷骨頭（或許大家心底都有點膽小如鼠吧）。

拉赫倫手腳並用從奎爾身邊爬上岸，即使抱著滿懷的袋子，身上綁著笨重的繩索，他的動作仍然靈巧。他跟脫毛的羊一樣衣衫襤褸，看來比在赫塔島老家開心一倍，你會以為他寧可把戰士岩當家。奎爾心想：明明只要踩錯一步，這個地方就會害死你，為什麼？

但他才這麼想，便突然心生迷信，覺得不能說戰士岩壞話。岩柱沒有傷人的意思，它不是生物，只是世界邊緣冰冷汪洋中的一片石塊罷了。

捕鳥隊來到下層小厝後，像鸕鶿站在風中風乾，一面看小船轉向迎風的方向，往家鄉前進。卡倫揮揮手——船夫是他父親。拉赫倫發出喜悅的呼喊，戴維咬住嘴脣。他們沒有退路了，只能等卡倫的父親回來接他們。

奎爾告訴戴維：「我很快就回來。」他想起第一次大海隔開他與母親。

沒有人想率先進入洞穴。天知道什麼東西死在裡頭，搞不好更糟，也許裡面住了什麼。洞穴靠近海邊，螃蟹和瀕死的鳥兒都會跑進去。「小厝」這個名稱聽起來溫馨，像茅草屋或小房舍，但其實只是大塊岩壁上非常陰森溼冷的裂縫。他們不過十二個人，帶著一堆捕鳥網、一個煮鍋、六根長繩索、一個舊馬鞍、裝蛋籃、包袱和靴子，真溫馨。幾天後，他們會移動到戰士岩較高的地點，但現在這兒至少能存放工具，也可當作好基地，去掠奪垂懸石上數不盡的北鰹鳥。洞穴又臭又溼又怎樣？大多數時候他們都在外頭，奪取鳥類王國豐富的資產。

每回小夥子到岩柱上捕鳥，回家便會褪去一點童稚，變得成熟一點。

（當然前提是他能成功回家。）

第二章

北鰹鳥王

菲利斯先生問道：「誰想殺掉國王？」

這代表他們要正式開始工作，不用再整理住處，清掉就寢空間的小卵石、骨頭和雜草了。今天開始，他們是捕鳥人，踏上獵捕北鰹鳥的征途。「誰想當國王？」

除了戴維，每個男孩都舉起手。這是莫大的榮譽。

菲利斯先生說：「奎爾，你有點年紀了，應該頗有智慧。」

奎爾的心在胸口脹大……又縮回原先的大小，因為莫多出聲說：「我更年長！」

菲利斯先生看著這兩名好友。巴肯牧師在赫塔島上建了圖書館後，菲利斯是第一名讀者。現在他可說是赫塔島的老師，只要島上的女孩男孩不需要幫忙犁田或攀岩，他便會餵給他們一些書中的知識。或許他有點偏心，但即便如此，他也從未表現出來，總是小心翼翼維持公平。他說：「看你們誰比較矮小。」

由於小厝內沒有空間站直，兩名好友便到室外去比身高。站在外頭變形的突出峭壁上也沒有比較容易，兩人鼻子對鼻子站著，在刺骨寒風中不斷流鼻水。

「我不想這麼麻煩，」莫多聳聳肩說：「你去吧。」

然而奎爾低頭一看，發現莫多彎著膝蓋，試圖把身子變矮。

「我也不想，你去吧。」

「真的嗎？」

「嗯。」

但致敬兩人的友誼一番後，問題似乎還是沒解決。於是莫多拿起一顆卵石，藏在背後握進拳裡，然後伸出兩個拳頭：「左右猜猜看，你要哪隻手？」

奎爾選中握有卵石的手。

喜悅和恐懼同時竄過他體內：他很高興，因為他可以（在回家一、兩天後隨口）跟父母說：「我說過了嗎？我在戰士岩當上了北鰹鳥王。」他也很害怕，因為他擔心失敗。

北鰹鳥聚落滿是羽毛、蛋殼、鳥糞和鳥兒，總是吵鬧浮動不已。牠們通常選擇占據陡峭懸崖面上的狹窄平台，但在戰士岩的底盤附近，垂懸石如胖子的肚子凸出，表面斜度平緩，正是鳥兒完美的棲息地。精明的老鳥踩過同伴的背，成雙並肩坐著，滿意的望向大海。空中返家的鳥兒喉囊裡裝滿了魚，衝撞向其他鳥兒後著地。

從這兒開始獵捕再適合不過。

然而每個聚落上方高處都停著一隻守望鳥：北鰹鳥王。牠腳下的峭壁就是牠的崗哨，由此守護下方的聚落。不管是看到黑背鷗、鵰、捕鳥人，一旦察覺危險，北鰹鳥王會發出警訊，鳥群便如雪片飛向天空，厲聲尖叫盤旋。只要除掉北鰹鳥王，就能長驅直入，殺進鳥喙和拍打的翅膀之中，帶回豐收的鳥肉。

只要殺了第一隻守望鳥，便能繼承牠的名號，成為旅途期間的北鰹鳥王。

捕鳥隊盡可能偷偷摸摸靠近，但又不能打擾鳥群。唐先生首先在垂懸石後方聳立的陡峭黑色懸崖上，看到守望鳥的蹤跡。北鰹鳥王的寶座是一根石柱，突起在寬廣的平台上。奎爾脫掉靴子，換上攀岩的襪子。襪子溫暖粗糙，底部厚實，又不至於厚到無法感知懸崖上的立足點。父親的外套過大，袖子超過他的指尖，可能在風中拍動，於是他脫掉外套，交給莫多保管。他沿著戰士岩多繞幾步，開始爬上崖面。

一開始，他還能向下方的男孩炫耀爬行技巧，但爬到懸崖一定高度後，只要停錯位置便會跌倒，遭到訕笑；犯錯開始等於摔斷骨頭，摔碎頭骨，在墓園長眠。很快奎爾便盤算起每一步，在狂風咆哮時抓緊不動，在小腿微微抽筋時休息。他挑了斜角而上的路線。想出其不意突襲北鰹鳥王，他必須神不知鬼不覺橫越並爬上懸崖。

有次他往上尋找地方抓，手掌卻壓到遭遺棄的鷗鳥蛋。蛋殼碎裂，發臭的內裡灑在他頭髮上，流進他的袖子。

他悄聲說：「陛下，我會逮到你，我會逮到你。」為了甩開蛋洗頭髮的羞恥，他想像自己是奧德修斯，爬出木馬征服特洛伊城。

莫迪娜告訴他這個來自遙遠不同時空的故事。他幾乎聽不懂她提到的城牆、涼鞋、希臘人和特洛伊人：那都屬於她在本土受過教育的世界。不過他喜歡這個故事，正是因為故事跟莫迪娜一樣古怪有趣。莫迪娜雖然只是來訪，卻真心對赫塔島有興趣，想了解這裡的人、風俗和生活方式。她馬上理解捕鳥的風險，並敬佩捕鳥人的勇氣。她說要走進揮動的鳥喙和嶙峋的巨大翅膀之間，一定得很勇敢……要是回家後，他能跟她說，他征服了鳥兒的特洛伊呢？她會說什麼？她臉上會是什麼表情？

但是奎爾才爬到崖面中段，北鰹鳥王便厲聲一叫，挺直身體站起來，張大翅膀不斷拍動，引起一陣騷動。五千隻鳥兒應聲起飛。奎爾總該沒有……？他沒做什麼造成……？攀升的鳥群宛如雷雨雲，鳥屎像雨淋在他身上。他穩穩抓緊，但傷害已覆水難收。看守鳥晃蕩幾步，一躍而起嘶叫道：「敵人入侵！」

奎爾頭部附近的崖面裂縫衝出來一小群海鸚，像高高投向他的小火球。奎爾沒有退縮，連一根肌肉都沒動，只是堅定的抓著懸崖，主要因為他想不出還能怎麼辦。他垂下臉，避開海鸚的鳥喙……因而看到驚動北鰹鳥王的罪魁禍首。

一隻白色胸部的巨大黑鳥穿過鳥群，即使在翅膀龐大的北鰹鳥之中，牠的體型也不容小覷。勾起的鳥喙似乎重得令牠重心不穩，牠把短小的翅膀尖端朝下擱在石頭、巢穴或北鰹鳥身上，穩住身體。牠抬頭看向奎爾，牠的確似乎直直看著他，雙眼周圍的白色大圓環像面具一樣。

原來是大海雀。牠顯然從錯的聚落下方游上岸，在尋找同伴途中偶然闖進北鰹鳥領地。大海雀不會飛，無法迅速脫身，只能用龐大的鳥喙和身體開路。奎爾感到欣慰，他看偉大的「海女巫」滑稽的踉蹌前進，前一秒腰部以下還擠滿北鰹鳥，下一秒只見牠困惑的獨自站著，眼看每隻北鰹鳥飛走（大海雀喜歡並肩群聚在陸上生活：牠們不了解孤單。牠們的語言中沒有單字形容「一隻大海雀」)。都是牠引起恐慌，可以要牠負責，不干奎爾的事。一旦牠踩著有蹼的大腳，拖著步伐慢慢離開，北鰹鳥便會停止盤旋，重新降落。

趁著守望鳥離開王座，奎爾把握機會，盡可能爬到石柱後方的平台。他沿著平台邊緣緩緩移動，甚至開始爬上尖頂，但一聽到上方巨大翅膀的拍打聲，他便像石像僵住，動也不動。即使手指失去知覺，夏日蒼蠅繞著他沾染蛋汁的手和頭髮嗡嗡打轉，他仍很有耐心、很有耐心的等待。北鰹鳥在天上盤旋，接著幾百隻一起降落。北鰹鳥王挺直身體，拍打翅膀，過分強調牠的重要。接著牠重新在寶座上站好，聳起肩膀，低頭看著鳥群回到棲身地。

攀爬的過程、指尖緊抓岩塊的動作，都害奎爾雙手發抖。他伸縮手指，直到指頭不再抽搐。他摸索到一塊夠寬的立足點，往上猛然一跳，跟北鰹鳥王平起平坐，同時抓住北鰹鳥王的翅膀，扭到牠背後，空出一手擰斷牠的脖子。飛快一扭，死神便靜靜降臨，下方的北鰹鳥什麼都沒發現。

事後卡倫簡潔的說：「公平，公平。」

戴維想跟奎爾握手。其他男孩都知道假如有機會，他們也能表現得一樣好。

菲利斯先生露出歪斜的微笑說：「先王駕崩，新王萬歲。」他賦予奎爾「北鰹鳥王」的稱號，直到他們離開戰士岩為止。

凱恩先生酸酸的說：「主會打擊自傲的人，拉下強大的人。小夥子，仔細想想吧。」

他們繼續手邊的工作，捕殺北鰹鳥，跟鳥喙奮戰，給翅膀打得遍體鱗傷。然而奎爾想找莫多拿回外套時，他的朋友已被交付別的工作，去捕暴風鸌了。於是他只得穿著薄薄的上衣，踏進北鰹鳥群，但他毫不在意。沐浴在溫暖的陽光下，深知他才是王，令他感到神勇無比。

他們用莫多捕來的一堆暴風鸌，燃起晚上的營火。暴風鸌富含油脂，比木頭還容易燃燒。整個晚上，男孩和大人挖出死北鰹鳥的胃，當作瓶子裝暴風鸌油，準備帶回家。戰士岩滿載豐富的資源，島主可以賣給城裡的人。（很難想像）那些人沒辦法靠自己的鳥吃飽穿暖，必須花真正的錢買羽毛、鳥油和鳥肉。

奎爾裹著父親柔軟舒適的大外套躺在地上，即使累了，他卻無法成眠，似乎感到整座戰士岩的重量壓在他們小小的洞穴上。一滴水從洞穴口落下，他發現自己等待下一滴落下，下一滴，下一滴……他堅決不想落入想家的圈套，便把思緒像船隻般導向較愉快的事——莫迪娜。

他想著她睡著了，但他的夢境跟北鰹鳥聚落一樣混亂。大海雀跌跌撞撞闖過鳥群，覆蓋白面罩的臉像該死的強盜。在他的夢中，牠滑順的黑背並非蓋滿柔軟的羽毛，而是少女悠長的頭髮。牠隆起的巨大鳥喙中飄出莫迪娜唱過的歌，讚頌樹木、湖泊和愛。

第三章

兩個月前，赫塔島上

一包衣服丟上了岸。如果海浪撞偏了船，包裹極可能落海遺失。不過船長吉爾摩先生每幾個月都從哈里斯島來一趟，運送補給品和郵件。他的獨特長才便是領著船頭對準岩岸登陸，沒有別人做得到。他熟知赫塔島每一段崎嶇的海岸，也知道如何抓準時機丟物資上岸。他的手臂強健有力，因此那包衣服在地上滾了幾圈，停在等候小船抵達的人群之間。

包裹裝著老伊恩的家當，他去哈里斯島拜訪守寡的妹妹，最後在那兒過世。活了一輩子竟只剩一包衣服，不過有人過世時更加一無所有。日後村民會共享他的遺物，盡量把破布和舊衣派上用場。村中長者組成的「國會」負責做決策，例如誰能拿到菸草包。不過目前包裹先丟進教室；還有其他包裹、箱子和許多袋的郵件要拿上岸。

芙蘿拉．馬丁問道：「他怎麼死的？」

「他怎麼死的？喘不過氣？喪失生靈？人到底為什麼會死？」巴肯牧師煞有介事的反問：「他跑完了人生的賽程，現在慈愛的主將他擁入懷中了。」

不過船不只帶來物品。莫迪娜．蓋洛維也來了，她來自本土，是菲利斯太太的姪女。等下一波海浪湧上，她趁船下沉前踏上岸。耶穌本人在海上行走時，八成也這麼輕鬆自在吧。

船首輕觸石塊。許多船隻都在赫塔島的峭壁前撞碎成木片：沉船殘骸成為好用的木材，做成門和長椅，畢竟赫塔島上沒有樹。對奎爾這種從未離家的人來說，他只能絞盡腦汁想像樹的樣子。

莫迪娜也跟樹一樣難以想像。她有一頭深色頭髮、冬日般蒼白的肌膚，跟赫塔島的女人完全不同。島上女人需要盯著雨霧或發亮的大海，眼睛都瞇出細紋了。她的眼睛又大又圓，跟泥炭一樣深邃。她的雙手不粗糙，也不像螃蟹歪曲，反而白皙光滑，手指纖長。她會用手示意，她的雙手會說話，跟她一樣。

偶爾在風大的日子，室內平靜舒適，門卻會突然彈開，然後……風便灌了進來。狀況不會持續太久，但……總令人心煩。莫迪娜令奎爾心煩，而他通常不喜歡感到心煩。生活困苦的時候，每天平凡的小事都該珍惜。人會激動總是為了壞事：生出死嬰，有人從石頭上摔落，羊闖進你的蔬菜園，暴風雨吹垮了穀物。牧師提過「不可言喻的榮耀」在天堂等候他們：牧師最喜歡這句話，但奎爾不懂「不可言喻」

的意思，也不知道「榮耀」包含什麼，因此他向來抓不到這個概念。每天平凡的小事對他而言已經夠好了。結果莫迪娜踏下船，奎爾心中便充滿了不可言喻的榮耀。各種情感在他心頭翻爬，像貓頭鷹肚子裡的老鼠。雖然她是菲利斯太太的姪女，來牧師的學校幫忙，但奎爾從來沒碰過這樣的人。

比方說，她很愛說話，而且她會說句子！有時句子跟錨鍊一樣長，他會屏氣凝神，等著看句子何時結束。赫塔島民不太說話。女人會一邊弄軟花呢布或取出魚內臟，一邊聊八卦，男孩比賽誰尿得最遠時，也可能會閒聊咯咯笑，不過赫塔島民通常習慣閉嘴，畢竟說錯一個字可能冒犯人，冷風吹在惹麻煩的牙齒上也很疼。奎爾的母親常說「一言既出駟馬難追」，巴肯牧師（即使每週日要在教堂講話好幾個小時）也常提到「嘴巴不乾淨」和「沉默是金」。

但莫迪娜會跟每個人討論各種事。她甚至帶著文字到處走，口袋裡總是裝了至少兩本書。島上孩子覺得菲利斯先生的閱讀課令人緊張又煩惱，看他們努力掙扎念完一頁的字，就像看受困的羊試圖爬下懸崖。但莫迪娜開始協助菲利斯先生上課後，一切都變了。字母接合起來，文字有了生命。

她受不了「包包的ㄅ」、「蘋果的ㄆ」、「貓的ㄇ」這種教法，往往會講起故事，說貓把蘋果藏在包包裡，準備跟瘋狗對戰，這時蛋、北鰹鳥寶寶、牛、拉環和其他單字都會裝進大砲，在交戰雙方之間飛射……她給他們講故事，拿出口袋裡的書讀詩給他們聽。

她也會唱歌：搖籃曲、輓歌和情歌：

大海漫漫，我無法橫越
也沒有翅膀帶我飛……

牧師其實只認同聖歌，他可以勉強容忍搖籃曲和工作歌，但情歌害他全身打哆嗦。

莫迪娜也會笑，在風中露出完美的白牙，完全不怕牙痛。莫迪娜・蓋洛維的笑聲令牧師心煩。

但影響沒有奎爾嚴重。

她的笑聲擊中他，像鐘錘敲鐘，回響撼動他全身。他不確定該拿這陣喧囂怎麼辦，於是有一天，趁著狂暴嘈雜的大海襲來，他爬到東丘頂端，朝天際線大喊出聲：「莫迪娜・蓋洛維！莫迪娜・蓋洛維！莫迪娜！」

海鷗用鳥喙把聲音叼回來給他：「莫迪娜……莫迪娜……」重複了一千次。

當然他不能告訴任何人。她是訪客，來自本土，而且比他整整大了三歲。然而當風吹得她的衣服緊貼身體，奎爾無法解釋他的感受，除非是牧師第二喜歡的片語：「肉欲之罪」。

但她只是訪客，本土的人。

捕鳥隊啟航前往戰士岩不久後，吉爾摩先生會再次從哈里斯島過來，載著郵件、木材、工具、藍色染料、煤油燈罩、紙張、書本和菸草。他離開時，會帶巴肯牧師同行，去匯報他的傳教成果。他也會載走莫迪娜。

等捕鳥隊從戰士岩回來，莫迪娜・蓋洛維已不在赫塔島了，奎爾再也見不到她。補給船會載她回哈里斯島，她再返回本土，那兒難以想像的樹木會成天看她來來去去。

「我背靠著橡樹，

以為他會庇護我……」

某天奎爾鼓起勇氣，請她描述橡樹的樣子。她說：「奎爾，我別只用說的，我直接種一棵吧，就為了你！」她拿銳利的石頭在白沙上為他畫了一棵大橡樹，替枝幹加上樹葉，每一片都是她光裸的足印，然後在細枝上放卵石當作橡子。他滿心驚訝又不可置信，盯著圖案良久，回家吃晚飯都遲了。

隔天回到沙灘前，他說服自己橡樹還在，還能把自己的光腳踩在莫迪娜的樹葉足印上。然而大海當然把圖案擦得一乾二淨，什麼也不剩，他幾乎以為是他憑空亂想。

三個禮拜後，等他從戰士岩回家，大海早就帶走了莫迪娜，彷彿她也是他的幻覺。

第四章

遲了

抵達戰士岩不出幾天，捕鳥隊就搬了家，從下層小厝移居中層小厝，來到岩柱中段。雖然不比下層小厝更舒適，但從這兒可以攀著繩索垂降，獵捕峭壁上的鳥兒。海況不好時，噴上來的水沫也少。他們把煮鍋放在室外，接雨水來喝：這樣比較容易。大袋子則分給大家墊著蓋著睡覺。

年長的男孩搶先占好就寢空間。雖然一塊石板地未必比另一塊軟，但大孩子都知道平坦處總比斜坡好，不會時時刻刻感覺要滾下去。地上的突起或坑洞到了早上可能留下瘀青，洞頂滴下的微小水珠過了整晚可能浸溼全身。睡在洞穴深處或許能稍微避開穿堂風，但鳥兒和老鼠可能也還在那兒死去腐爛。於是大人挑好後，來過岩柱的男孩們幾秒內便搶好就寢空間，留下小鬼頭找地方擠。戴維站在洞口，耐心等人告訴他該睡哪裡。

奎爾對莫多說：「把那些小傢伙掛在石牆上，他們照樣能呼呼大睡。」然而看戴維躺在一片小碎石上，他還是感到一絲愧疚。打算待超過一週的捕鳥人會在洞口堆大石頭擋風，但現在沒人為此浪費時間：天氣舒適，景色太過壯麗，不該遮起來。要不是李岩擋在中間，他們可以一路遠眺赫塔島老家。

搬到中層小厝的第一個週日，柯爾．凱恩叫所有人集合禱告，請上天原諒他們在安息日工作。奎爾看得出來其他人很不高興他自命為代理牧師，但尤恩倒是很慶幸有機會禱告。

尤恩，哀戚嚴肅的小尤恩，他還沒變聲，總說顏色有味道，神聖的字彙帶有魔法。肯尼斯說尤恩裝成小聖人，想排進凱恩的好小孩名單。但尤恩只想排進黃金名單，如果你適合上天堂，天使會在裡頭寫上你的名字。

尤恩和約翰、奈爾、戴維圍著凱恩先生腳邊坐好，想聽《聖經》故事。如果他們表現得像正式的週日，或許禱告就會靈驗。但年長的男孩坐得老遠，不相信柯爾．凱恩帶有真正的魔力。

假如說教會的真牧師巴肯個性冷淡，那凱恩簡直是一桶冷水。他自詡為「牧師的左右手」，但其實只是司事，受雇來挖墳，照顧牧師館的蔬菜田，修補屋頂，清理當作聖殿的穀倉。島主捐給「聖殿」一口船鐘時，柯爾．凱恩又給自己加了工作，在禮拜前敲鐘召集村民參加。他自認因此成為重要的「聖殿人員」。

奎爾的父親曾悄聲說，柯爾．凱恩覺得上帝在船鐘繩另一端，他拉繩是希望上天注意他。奎爾的母親說她很感謝自己有耳朵，才能把手指塞進去。奎爾認為凱恩先生要是哪天笑了，他自己的耳朵會嚇到掉下來。

簡而言之，沒有人會首選柯爾・凱恩擔任代理牧師。

那天他們在海邊捕捉海燕。如同抓暴風鸌，重點是把鳥油困在體內，因此他們要盡快將翅膀扭到背後，免得鳥兒一怕，把胃裡鏽紅色的液體吐出來。鳥油可以治百病，從牙痛到腰痛統統靈驗，本土的人（有本錢生病）都願意出高價購買。不過要把小小的暴風鸌液囊倒進滑溜的大北鰹鳥胃部，再打結封口，依然考驗手藝，又會弄得滿身油膩。大家都很慶幸能把焦點轉向最有價值的鳥兒：咕嘎*。咕嘎在春天出生，八月已長得很大，比父母還重。咕嘎肉在本土能以高價售出，在赫塔島也能讓人飽餐一頓。

年長的男孩和大人每天都去獵捕咕嘎。幼鳥像毛茸茸的餃子，坐在最陡峭懸崖上狹窄的平台，沒有滾出去直接摔進海裡，或順著陡坡彈著彈著彈著掉下去，實在不可思議。為了搆到牠們，年長的男孩會把馬毛繩索繞過一邊大腿下方，支撐身體重量，順著垂直的岩壁垂吊而下。他們把幼鳥屍體掛在腰帶上，大人再拉他們上來。

白天他們捕抓北鰹鳥，晚上則吃北鰹鳥肉。夜間他們夢中閃過海鸚和暴風鸌，充斥著北鰹鳥。

莫多和奎爾把工作當成競賽，每天比賽誰抓到最多。自從大人相信他們抓到的鳥比嚇跑的多，他們便一起捕鳥了。他們同一天通過徵召測試，必須冒險爬上聳立在怒海上的駭人親吻石，彎腰親吻石頭，證明他們有能力捕鳥。當然出外捕鳥時不需要真的親吻鳥兒，只要抓住牠們的脖子就好。莫多說過：「如果測試很簡單，你可能隔天去捕鳥就死了，這樣出生以來你爸媽餵你喝的粥、給你穿的衣服都浪費了。」（莫多經常思考東西的成本和價值，甚至包括人。）

莫多的父親自己做了赫塔島上最精良的繩索，馬毛編成辮後，手工縫上羊皮護套。總有一天，莫多會繼承這條繩索，宛如勳爵和貴族的長男繼承家族的房子和土地。總有一天，莫多大概也會把繩索傳給他的兒子。

---

*北鰹鳥的幼鳥。

尤恩早已繼承了他的繩索，因為他的父親已跌跤過世。但他年紀太小，不能垂吊繩索工作，但他還是帶來了繩子：帶上路的每一條繩索都能換取「薪水」，以鳥兒或羽毛支付。丈夫過世後，尤恩的母親需要額外收入。

因此奎爾現在抓著尤恩的繩索，高高懸在海面上，一手獵捕咕嘎，一手支撐自己的重量。繩索繞過一邊大腿下方，再橫過另一邊大腿上方，形成柔軟蒼白的美麗迴圈，其實有點像尤恩。

一個破舊的小馬鞍固定在峭壁邊緣，避免銳利的峭壁割斷或磨損繩索。不知為何，戴維決定每天負責把馬鞍從小厝扛上峭壁，看菲利斯先生固定好。「奎爾，現在安全了。」戴維說完會真誠的點頭，然後踩著襪子跑走，跟年幼的男孩一起拔鳥毛。

戰士岩有將近八十個儲藏塔：石造的小塔用來陰乾死鳥。儲藏塔只通風，由風吹乾裡頭的鳥兒，效果幾乎跟煙燻室一樣好。男孩會群聚背靠儲藏塔坐著，拔掉捕來鳥兒的羽毛，直到石塔、地面、男孩身上和空氣中處處飄散白色羽毛。年幼的男孩把羽毛塞進袋子，一天天過去，無重的絨毛變得跟一袋袋石頭一樣重。多虧他們，不久後富有的本土人便能睡在塞滿羽毛的床墊上，聞起來不僅像鳥兒，還像鳥兒吃下肚的魚，以及餵養魚群的大海。

八月的破曉俐落橫越天際而來。夕陽是毛茸茸的粉紅色。短暫的夜晚充滿閃爍的星斗。

然而，從清晨工作到黃昏，形同一天捕鳥十五小時：攀岩，拔毛，扭斷脖子，抓鳥，拖移，存放，修補繩索，裝瓶，「爬梳海灘」尋找木材，蒐集鳥蛋，誘捕海鸚，替海燕穿燭芯。等太陽爬到最高點，不管身處峭壁平台、懸崖頂端，還是碎石陡坡，男孩只要坐下便會睡著。旁人得叫醒他們，免得他們在睡夢中翻身摔死。他們也得起來繼續工作，抓鳥、誘捕、拔毛、存放……

不過看到裝滿羽毛的袋子、爆滿的儲藏塔，他們還是心滿意足。辛勤工作令人忘了每天的一分一秒，任風吹走時間。不久他們就會回到赫塔島了。

三個禮拜過去，迎來第四個禮拜。

船能來就會來，全看海潮和海風。也許赫塔島唯一的船擦撞石塊，磨損了船身，或者有一片木頭腐朽，需要修理。也許卡倫的父親受傷，沒辦法開船。那麼吉爾摩先生總該代替他，開補給船過來，畢竟又到了補貨的時節吧？好吧，可能時間還沒到。或許沒有郵件要送，或許「國會」沒有訂購補給品。

接連兩個週日，凱恩先生帶大家禱告，提出務實的建議。接著來了第三個週日。男孩們不敢抱怨，但戰士岩的工作感覺不再像榮耀，反而像磨難了。就連唐先生這般嚴肅堅毅的人，也開始逕自嘟囔，喃喃說他得趁天氣好趕回去修補屋頂。菲利斯先生想回去陪伴妻小。

奎爾不再妄想莫迪娜．蓋洛維可能留在赫塔島，沒有回家：這下他再也見不到她，永遠不可能了。於是他轉而想像寫信給她，不時提到他抓了幾隻咕嘎，或者說他當上北鰹鳥王，還有他多麼懷念她的歌聲。在他的幻想中，菲利斯先生甚至不用幫他檢查拼字。

在他的幻想中，莫迪娜會回信。

一群男孩和大人能在海岩柱工作四週，便能工作更久，當然可以。睡在石板地上死不了人，他們有許多鳥兒能吃，也能用來照亮洞穴，點燃煮飯的柴火。母親或許不樂見他們這麼骯髒，但又怎樣？一點髒汙能保暖。他們想離開，大家都準備好回去見他們的小狗、小馬和姊妹，還有（最重要的是）房子後面地上挖好的廁所。沒有人想領頭抱怨，沒有人想顯得弱小。最後一點柴火燒盡後，只有戴維輕微的哭聲害奎爾醒了一會兒。除此之外，還有洞口滴滴滴的水聲。

咕嘎羽翼漸豐，化為成鳥，縮成一般北鰹鳥的大小。夏日的海洋越發深沉。

卡倫問道：「為什麼他們不來？」每個人都瞪著他，氣他說出大家小心翼翼藏在心頭的話。卡倫鑿開了其他人拚命想塞住的洞。

東諾．唐說：「一定有合理的解釋。」

菲利斯先生說：「一旦能來，他們就會來了。」

一如往常自以為是的凱恩先生說：「上帝會指引我們。」

「如果是海盜呢？」奈爾脫口而出：字從他嘴裡衝出來，彷彿盜匪緊追在後。

沒人回答，奈爾也沒再問：不是因為問題荒謬，而是他們不敢去想答案。雖然沒人親身經驗過，但在祖父母輩的記憶中，海盜確實來過赫塔島。他們命令所有島民進到聖殿，然後放火燒了聖殿。這種故事適合大人萬聖節講講，不適合遠離家園的男孩。莫迪娜絕不會在男孩腦中灌輸這種故事。奎爾猜想她會說什麼撫慰人心的話。她會……？他會……？

「他們八成開船去捕魚，擦撞到石頭，只好到處找木材修補船身，比方說牧師家的大門。可是長老國會不讓他們用，他們只好等木頭漂上岸。但是他們沒有正確的修船工具，畢竟唐先生在這兒，不在家，唐太太又找不到他的鑿子，因為吉爾摩先生可能借去用，卻忘了還，就開船帶回哈里斯島了。」

菲利斯先生由衷說：「奎爾，謝謝你。」他的說法讓小鬼頭不再坐立不安，也令其他人深深著迷。

肯尼斯嘲弄挖苦道：「菲利斯先生，奎爾對你的姪女有意思。」他的下排牙齒天生比上排突出，下巴總是向前伸，一臉好鬥，像豪豬一樣。

大夥竊笑起來，害奎爾無地自容，小戴維卻非常困惑。「什麼？本土來的那位女士？你是說蓋洛維小姐嗎？可是她皮膚好黑！鼻子又好大！」

奈爾說：「像大海雀嗎？」大家笑得更大聲了。

菲利斯先生沉下臉，斥責戴維沒禮貌，但小男孩只是訝異於奎爾的審美觀。

奎爾當然否認，他堅決否認對任何人有意思，可是肯尼斯臉上依舊掛著燦爛的得意笑容。肯尼斯到哪兒都會蒐集祕密，他想深深傷人時，這些銳利的小事都可能有幫助。所以奎爾沒有爭論莫迪娜的鼻子大小，在他眼中，示巴女王的鼻子大概也相差不遠。他也沒說黑色頭髮跟棕色或紅色一樣美麗。

話題轉向一般的「外地人」。不管來自大海彼端，或是蘇格蘭的邪惡城市，還是哈里斯島這樣的大島，凱恩先生都宣稱那些人太「入世」：「花太多心思想賺錢跟玩耍」（沒人知道他怎麼得出這個結論，他從未去過比海岩柱更遠的地方）。

東諾．唐怒目瞪著凱恩，嚴肅的說：「島主就住在哈里斯島。」

沒有人說聖基爾達群島的島主壞話。他就像上帝，從不親自拜訪小島，只會每年派侍從來收租金。他就像上帝，受到赫塔島民全員景仰。光是擁有一整片群島和岩柱，聽起來便像極了造物主本人。

柯爾．凱恩紅了臉，凶巴巴的承認：「也許有些人活得很正派，例如島主。」

唐先生看向菲利斯先生，眨了眨眼。

至少那天晚上，沒人再提到船為什麼沒來接他們。

沒提到的事幾乎等於不存在，對吧？

戴維問道：「他們忘了我們嗎？」他幫奎爾重新蓋上儲藏塔的蓋子。小石塔現在裝滿鳥兒，壓在最底下的一定夠乾燥，可以賣了。「是嗎，奎爾？他們忘了我們嗎？我們要住在這裡一輩子嗎？」

「傻瓜，別擔心了，當然不會。他們明天就來了，或者再隔天，不會太久。」奎爾受夠到處找理由，安撫小鬼頭的恐懼。他變得易怒，討厭周圍總是有人。大家的脾氣都不好。

菲利斯先生很生氣男孩被迫「與家人分開這麼久」。凱恩先生每五分鐘就莊重的說：「我們必須忍受無法改變的事實。」害唐先生煩躁到坐立難安。

也許海洋泡沫形成的藍綠人踏上岸來，綁架女人去當妻子。

也許閃電砸到地面。

也許哪裡開戰了，島主把赫塔島所有的男丁都派去替蘇格蘭出征。

沒有人相信，連提議的人都不信。

直到小尤恩開口。

那天凱恩先生帶領他們禱告。沾滿焦油的燈芯穿過海燕僵硬油膩的小屍體，再以凱恩珍貴的火種點燃。鳥燈籠照亮小厝，燒起來跟法式吊燈上的蜂蠟蠟燭一樣亮，可以一路悶燒到腳部才熄滅。

奎爾閉著眼睛，卻沒在禱告。他不想聽凱恩先生悲慘的聲音說個不停，便試圖回想莫迪娜・蓋洛維的臉，以防忘了。尤恩坐在洞內低矮的角落，這時突然跳起來，哭叫一聲，隨後發出驚呼。大家都轉過頭，看他把手舉到頭上，面朝下倒地，像屍體動也不動。菲利斯先生趕忙跑過去，蹲在他身邊。

「他的頭撞到洞頂！」奈爾驚恐的說：「他死了嗎？」

不過尤恩蠕動身軀，翻過身，四處張望。他不是在看人，而是看洞穴岩壁，彷彿上頭畫了畫，只有他看得見。他說：「我知道了。」

「孩子，你知道什麼？」

血沿著尤恩的髮線默默滴下來，彷彿難以想像的點子逃了出來。「他們都上去了。」

「孩子，上去哪裡？誰？」

凱恩先生哼了幾聲，不高興他打斷禮拜。

「你們看不出來嗎？他們被帶上去了。」尤恩瞪大藍眼睛說：「我腦中彷彿看到一幅畫：世界末日到了，每個人都被帶到天堂接受審判。可是我們在洞穴裡，沒被發現。現在他們都上去了，只剩下我們。」他高昂優美的聲音聽起來既欽慕又害怕。

沒有人笑。周圍石壁上每個縫隙都有無頭海燕在燃燒，火焰的光暈環繞燈芯，彷彿一群瘦小的天使低頭看著他們，很容易令人相信難以置信的事。

上帝決定終結世界，末世降臨了。金號角響起，上帝的天使來到地球，把所有好人帶回天堂的家，所有壞人送去地獄。赫塔島面積廣大，綠草如茵，又有房子，天使當然會去拜訪。可是他們沒想到要查看岩柱，畢竟岩柱只是海上突出的石塊，除了帽貝和鳥兒，誰會住在石頭上？不可能有人，不會有大人和男孩躲在石頭縫隙裡。於是捕鳥隊意外被留在空蕩蕩的世界。

奈爾、戴維和拉赫倫跑進室外近乎漆黑的雨夜，開始朝天空大叫：「我們在這兒！嘿！我們在這兒！拉我們上去！拉我們上去！」捕鳥人吊繩完成一天的工作後，也會這麼叫：拉我們上去！拉我們上去！刺人的雨絲害他們揪起臉。

其餘的男孩有些遲疑，好幾個人齊聲問道：「凱恩先生，是這樣嗎？」雖然柯爾・凱恩自大又惹人厭，但戰士岩上沒人比他更像牧師了。「尤恩說得對嗎？」

凱恩沒有馬上回答，表情難以判讀。他似乎仍想繼續做禮拜，不願被尤恩看到的幻象打斷。凱恩不喜歡尤恩這個孩子，他對通靈和美的喜好都不符合長老教會教義。洞穴外歇斯底里的吵鬧令凱恩皺起濃密的眉毛，他擦擦常積口水的嘴角，視線四處掃蕩，沒有停在哪個人臉上，然後說：「尤恩的話中有真理。我自己思考時也得到同樣的結論，但我保持沉默，怕小孩陷入恐慌。我們只能接受事實……」

這句「我們只能接受事實……」荒謬又自以為是。話語懸在洞穴中，跟土石流發生前的隆隆巨響一樣致命。

「我們只能接受事實，這孩子看到了幻象，我們必須消化可怕的事實。主已召集祂的羊群，由於我們……遠離家園……我們……暫時……被忽略了。」凱恩總結他的論點：「你們自己想想：不然還有什麼原因？」

菲利斯先生和唐先生擺明不認同。每次柯爾．凱恩用上道貌岸然的聲音，假裝了解上帝的想法，他們就會翻白眼咆哮。他們虔誠信主敬畏神，但不像凱恩，他們在赫塔島都有孩子，只說世界末日可不會讓他們忘了家人。

「假如能橫越到博雷島，」唐說：「就可以朝老家打信號……」他每晚都說，認定這是獲救的唯一途徑，但沒人聽他的話。男孩都在分頭哭泣，呼喊母親，問問題，或只是蹲在地上搖晃，雙手抱頭。奎爾曾勇敢站在許多峭壁邊緣，但他突然體會到墜入恐懼深淵的感覺。他聽到的聲音變得模糊，眼前充滿各種色彩。世界末日？末日……

來訪的船夫曾向他透露，溺水不太恐怖，祕訣是要停止為呼吸掙扎，在深水中吸一口氣。於是奎爾深吸一口氣，並發現下落的速度緩下來，他懸在厚厚的寧靜中。他大聲說：「我該怎麼做？」但室外吵鬧的男孩害他無法想出答案。他沒有讓話逃出口，暗自問道：莫迪娜，我該怎麼做？

他溜出小厝，冷空氣告訴他皮膚燙得像發燒。歇斯底里的男孩站得離崖邊很近，非常危險。他們的腳把小卵石推過邊緣，一路掉到海裡。他們如此焦慮，不斷推拉彼此。

「我們應該打信號！你們覺得如何？」奎爾更大聲說了一次，重複再重複，直到捉住大家的目光。「我們來發信號，一直燒下去，就不會有人忘記我們在這兒！」戴維下意識抓住奎爾的手，就像握著父親的手。「你們想想，」奎爾說：「天使忙著帶好人回家，一定累壞了。他們要去那麼多國家，那麼多城市！才沒辦法豎起耳朵聽呢。不過等一切結束後，我們的親人馬上會告訴他們：『嘿！你們漏了幾個人！』」男孩的視線熱切盯著他，他不禁害臊起來。他們真的以為他比較懂嗎？他只知道得叫他們遠離懸崖邊。「天使會用翅膀摀住嘴，哀嘆一聲，趕快回來找我們！」（他在說什麼鬼話？）「這裡離本土很遠，很難找到！你們記得菲利斯先生給我們看過一張地圖吧？世界地圖？結果上面根本沒標出赫塔島？」（這下他想說什麼？上帝的天使用了不精確的地圖？）為什麼男孩沒笑他，說他是呆瓜？

不，他們繼續看著他，迫切渴望知道更多，他忍不住繼續說下去。他向男孩保證，不用多久，聖靈便會揚帆而來，或搭金馬車踩著海浪飛馳而來，因此他們需要點燃信號火炬，指引船隻（或馬車）穿過海霧或黑夜，天使才不會錯身而過。他們只要照顧自己，保持安全，等天使抵達就好，不然現在過世的人可能錯過機會，沒辦法跟天使上天堂。

他自己相信嗎？

一點也不信，但作為調虎離山計很成功。

男孩突然注意到崖邊很近，趕忙後退。奈爾綁好鬆掉的靴子鞋帶。他們等候下一步的指示。

奎爾說：「拉赫倫，去問凱恩先生能不能借我們火種盒。」

但拉赫倫沒帶火種回來。「凱恩先生不信任我，所以我拿了這個。」他拉開外套，露出光圈環繞的無頭小屍體：還在燃燒的海燕蠟燭。柯爾．凱恩錯了：想達成必要的事，絕對可以信任拉赫倫。

他們四個人盡力爬到最近的儲藏塔，打開蓋子，發現裡頭放著網子。奎爾說網子太珍貴，未來可能用到，不能燒掉。於是他們來到下一個儲藏塔，裡頭塞滿咕嘎和海鸚。

鳥兒燃起完美的營火。亮光和煙霧從石塊間的縫隙流瀉而出，繞著男孩的腿打轉，照亮他們的臉，害他們打噴嚏。

「現在他們會來了，」戴維嚴肅的說：「天使看到我們的營火就會來了。」

「很快，」奎爾說：「不用太久。大概吧。」

他相信嗎？

一點也不信。

預告世界完結的預兆在哪兒？赫塔島民總會注意預兆，好判斷未來的發展。他們會注意靈鳥、形狀奇怪的雲朵、月亮周圍的圓環、流星……上帝總該發出訊號，預告世界沒救了吧？《聖經》裡提到的跡象在哪兒：血紅的月亮、額頭上寫數字的野獸、乾枯的大海？總該有跡象才對，不只是沒有船來接他們回家。

他聞著鳥兒燃燒的煙，滿腦子只想到浪費了良好的食物。他們可能需要保存每一口食糧，畢竟如果要在戰士岩待上……但他拒絕去想這件事。結果太難以想像了。

第五章

懷疑和恐懼

隔天早上，即使世界末日可能到了，他們依舊開始捕鳥的工作。不然還能做什麼？奎爾很慶幸：爬到新的鳥兒棲息處的路上，他有機會單獨跟莫多說話，莫多總能給出完整又有道理的答案。

可是約翰堅持跟在他旁邊，不斷提問，彷彿奎爾（習得閱讀的密技就）可能知道答案。「天使不需要問，就知道一個人的祕密嗎？他們知道後會守口如瓶，還是在天堂大肆宣傳，直到每個人都知道？」他雙頰紅潤的圓臉寫滿焦慮，約翰平常跟枕頭一樣平靜，現在卻變了樣（奎爾只看過他驚惶失措一次，當時他們一起站在奈爾家外面，聽奈爾的母親生產）。

「祕密？你問我做什麼？又不是我看到幻象。」

「我問你，因為我認為你可能有祕密。」約翰語帶防備的說：「跟那個異國小妞有關。」

「我才沒有！」他試著爬快一點，趕到前面。可是約翰的臀部寬廣，雙腿外彎，他像蜥蜴在岩面上大力邁開一大步，就趕上了。

「可是如果你真的有祕密……」

奎爾被困住，只好重重嘆口氣，掰了一個答案：「我想除非祕密散發罪惡的臭味，不然天使聞不出來。」他解釋說：「如果是甜甜的祕密，他們不會介意。」約翰停下來消化他的話，奎爾便轉去找他的朋友。

當奎爾找到莫多，卻發現他拋下工作，坐在骯髒的崖邊，朝大海丟小碎石。他把父親的繩索纏在身上，同時也被憤怒的思緒纏身。

他一直提到「分量」和他的「份」。「假如我們要留下來，每個人必須要有自己的崖壁！」一劈頭說完後，他接著說：「我說錯了嗎？每塊坡地必須分配出去，跟老家一樣。最小的分到最容易的區域，我們年紀比較大，就分到比較差的區域。這樣我們抓的鳥就是我們的，不用共享，對吧？從今天起，我要標註我抓的每一隻鳥，你也要……我還要自己的儲藏塔來存放我的鳥，這樣我才能說：『這些鳥是我的，把手拿開！』你覺得現在馬鞍歸誰？屬於所有人嗎？誰要付繩索的錢？提供繩索還有錢拿嗎？父親的繩索現在是我的了，我想要收繩索的費用！」他說的都是無稽之談，近乎胡言亂語，但奎爾無法打穿朋友身邊用文字堆疊的高牆。莫多不斷拿掌根拍打石頭，練習他的論點：假如他們要在戰士岩過一輩子，岩柱必須均分給每個人。

「過一輩子？」奎爾終於瞥見朋友腦中的畫面：一輩子蹲在光禿禿的石柱頂端；只能吃夏天的鳥兒；沒有仍活著的人來救他們；沒有人留在世上，能讓生活再次變得美好。「別說了！我們很快就會離開了！」

「你沒差啊！」莫多兇猛的推開他。「你好好活過了。我的人生還沒開始呢，我想要……我從來沒有……」

遠方太陽前閃過一對翅膀，但光線太亮，無法辨識。莫多猛然坐直身體。

「會有人來的。」奎爾說：「我是說從赫塔島來。」

莫多吼道：「我知道。」然而他緊盯著沿太陽光芒靠近的拍動翅膀。莫多說：「尤恩是白痴，他一直都是白痴。」可是他閃爍的視線懇求奎爾看向同樣的方向。

奎爾問道：「你『從來沒有』什麼？」

巨大的影子飛快移動，翅膀強力拍動，蓋過怒濤的聲音。莫多從珍貴的繩索舉起雙手，伸向天空，擺出歡迎的動作，抑或投降的姿勢。天使確實來接他了！

「黑背鷗！」奎爾大叫：「蹲下！」

接著黑背鷗衝了過來，團團圍住他們進攻，用鋼鐵般的翅膀毆打他們，拿惡毒的鳥喙攻擊他們的臉。奎爾和莫多抱在一起，縮成一顆球，護著彼此避開耳邊嘶叫的強盜。離開我們的岩柱！鳥兒似乎在說：滾回去你們的地方，這些岩壁是我們的！

鳥群的攻擊終於趨緩，牠們挪到更高處棲息，不住拍動翅膀喃喃叫。奎爾和莫多舒展身體，立刻轉身背對彼此，莫多想掩飾他哭了，奎爾則想確保他沒看到。不過他感到怒火從朋友身上退去，一併帶走了希望。珍貴的繩索攤在莫多大腿上，看似黑面鷗把他的腸子都拖出來了。其實也沒錯：等待天使卻換來猛禽也太慘了。

如果連莫多都相信天使可能存在，認為世界末日到了，或許心存懷疑的奎爾才是白痴。他們從來不曾意見相左。

他當作對話沒有中斷，開口問道：「你從來沒有什麼？」

莫多說：「當然是沒有情人。」

奎爾一臉困惑。「我也沒有。」

「可是你愛蓋洛維小姐。」

奎爾本想否認，但他好奇想知道：這怎麼叫有情人？（莫多有姊姊，比較懂這種事。畢竟也是他告訴奎爾女人每個月的祕密。）「老兄，莫迪娜沒有同樣愛我！」

「那又怎樣？」

「假如你愛一個小妞，她就是你的情人嗎？難道你不用，那個，考慮有沒有機會嗎？」

「老兄，不用啦。一旦你腦中有她，你就像在母牛周圍建了牆，母牛走不了。她是你的母牛，因為你在她周圍建了牆。」

對兩人來說，這番話趕走了黑背鷗攻擊帶來的疼痛和恐懼。莫多發現他知道奎爾不懂的事，覺得聰明多了。奎爾則感到他掌握了從未聽過的魔法。莫迪娜・蓋洛維可能遠在本土，甚至在更遠的天堂，但他腦中的女子仍是他的俘虜。北鰹鳥王有情人了！他提議：「你不能自己也找個情人嗎？」

莫多看著他，攤開一雙空空的手。他空蕩蕩的手彷彿說：我們困在一根石柱上耶？身邊只有其他八個男生？而且人類的歷史剛結束耶？他哪有機會？

奎爾建議：「也許等你到了天堂？」

莫多扮了個鬼臉。「我想跟女孩子同床，不只是看她！等到站在天堂唱聖歌，旁邊各種人都在看，就不能做這種事了……況且我不認為到了天堂還能保有身體，我們會變成小小的靈魂，飄來飄去。」

奎爾說：「啊。」他沒想到那麼以後的事。

隔天尤恩沒去捕鳥，柯爾．凱恩也是。少了兩人也許無妨，但那天吹起呼嘯強風，可能吹落攀爬繩索的人，或把瘦弱的男孩吹下岩壁，於是東諾．唐決定改用網子捕鳥。他派奎爾和莫多去拿網子和火種盒，到了現場，卻發現存放網子的儲藏塔變成了聖壇。柯爾．凱恩留下尤恩幫他裝飾。（凱恩告訴他們）每天破曉和黃昏，他會在這兒帶領大家禱告。

莫多問道：「知道了。先生，我們可以拿走網子嗎？」

尤恩告訴他們，捕鳥網已挪用做聖壇布，上頭插滿海石竹花，充當刺繡。凱恩很不高興尤恩花了整個早上妝點網子。兩人正在欣賞他的手藝，這時一陣強風吹來，一朵接一朵吹掉花朵，網子又變回原狀。凱恩先生不甘願的讓他們抬起平坦的壓蓋石，把網子抽出來……不過他沒幫忙抬。他們向凱恩借火種盒，他又拒絕了，還問道：「你們要付我用火錢嗎？」

「先生，我們嗎？沒有，先生。」

「那就不行，你們不能拿走火種盒。如果你們需要火，我會帶火給你們。我將擔任『火種盒守護者』，真正有需要時，我會交給你們。」

莫多聽不懂。「所以……凱恩先生，現在你能跟我們來嗎？唐先生需要火，引海鸚出來？」

「『牧師』。」尤恩說：「現在你必須叫他『凱恩牧師』。」

莫多和奎爾又互看一眼。如果柯爾．凱恩願意出借火種盒，要叫他蘇格蘭王都行。然而他依舊拒絕，他們決定，對他們來說，凱恩永遠只是村裡挖墳的傢伙。

東諾．唐想用網子堵住一個小洞穴，裡頭住了數十戶海鸚。海鸚喜歡縫隙，如果在有泥炭和土壤的環境，牠們會挖地道，但這兒只有堅硬的石塊，牠們便住在細縫和裂紋之間。兩名捕鳥人會把網子張在洞口，裡頭的人在洞穴中央點火。鳥兒受到閃爍的火光吸引，從藏身處好奇的跑出來後，他們就能用皮帶、棍子或雙手把鳥兒從空中打下來。

少了火焰吸引，男孩必須拿外套拍打洞穴牆壁，趕鳥兒出來。肯尼斯拿著唐先生的寬腰帶，站在洞穴中央，揮向任何靠近的東西。

他第一次打中卡倫時，感覺只是意外。可是等他打中約翰的大腿和莫多的背，咧嘴露出燦笑時，擺明比起打鳥更喜歡打男生。

莫多說：「別鬧了，肯尼斯。」

「你說什麼？」

海鸚不斷衝向他們，荒謬的鳥喙硬得像鐵鎚。牠們從石壁上猛衝出來，撞向捕鳥隊。洞穴外的大人抓著網子，雖然聽得到他們慘叫，卻都怪在海鸚身上。於是肯尼斯的恐怖統治持續下去，直到洞口的網子掛滿海鸚，幾乎遮住所有光線。

肯尼斯心底其實想把天使從空中打下來，折斷他們的翅膀，扭彎他們的喇叭，懲罰天使害他等了又等。只要事情不順肯尼斯的意，害他失望、害怕或挫敗，他便會心生無法控制的怒氣。假如他像暴風颼，能把怒意從嘴裡吐出來，或許還能減輕他的憤怒，但現在惡霸只能選擇傷害海鸚和小孩。

當然沒有人跟菲利斯先生或唐先生提起這件事：男孩不會跑去向長輩哭訴。不過拉赫倫一定比其他人更怨恨肯尼斯。一行人忍著殘暴的風，背著掛滿網子的海鸚屍體，橫越戰士岩爬回家時，拉赫倫靈巧的爬過高大笨拙的肯尼斯身旁，指向肯尼斯的皮帶在他脖子上留下的瘀青，撇下嘴角露出哀傷的表情。「真可惜啊，肯尼斯，這下你永遠上不了天堂了吧？他們不會讓你這種人進去。」聽到的人都擔心拉赫倫的安危，但肯尼斯猛然停下來，擋住身後所有人的路，東諾．唐還得叫他閃開。拉赫倫比他瘦小年幼太多，肯尼斯似乎不確定他認真與否。或者拉赫倫的嘲諷可能刺痛了肯尼斯的一小塊靈魂。

在戰士岩獨處絕不明智。男孩消失在視線內可能表示他失蹤、跌落大海、卡在縫隙中、骨折，或困在峭壁平台上。年幼男孩不介意一起擠在小厝裡坐著，像懸崖上的海鸚。可是年長男生腦中有複雜的思緒，需要好好思考。工作結束後，菲利斯先生會消失好幾個小時，大夥經常派奎爾去跟他說「現在不吃晚餐就沒了」。奎爾會找到他坐在石頭平台上，遠眺赫塔島的方向。聽說晚餐好了，他往往只是聳聳肩，不在乎吃過了沒。菲利斯只想一個人獨處。

奎爾了解菲利斯的感受，他也想獨自懷念莫迪娜．蓋洛維。如果莫多說的沒錯，奎爾似乎把她一起帶來戰士岩了。他擁有的一切或許遠在彼岸，躺在赫塔島家裡，再也碰不到了。可是莫迪娜仍在他腦中，沒有人能奪走她。

於是下次大家派奎爾去找菲利斯先生時，他刻意拖延，找了一塊平坦的地面坐下，休息一下一直發疼的膝蓋和屁股。享受一點私人時光無傷大雅，就花半小時看海燕吃晚餐吧。鳥兒在海浪上留下細長彎曲的足跡，從空中啄起看不見的食物。

這時他又看到大海雀，正是第一天驚動整群北鰹鳥的鳥。牠站在登陸點，急遽上升的海水用蕾絲般的泡沫包裹牠的腳。

他身後有個聲音問道：「牠想走，隨時都能游走，為什麼要留下來？」

奎爾竟然直接行經菲利斯先生，卻沒看到他。奎爾找到他沒鬆一口氣，反而更害怕。菲利斯先生側身躺著，緊縮身子躲在石頭裂口中。他臉上的肌膚似乎緊貼頭骨，他齧咬手指背上的毛髮，雙手顫抖，甚至沒打算起身，只是繼續盯著下方石塊上的大海雀。「為什麼牠不跳下去？跳進水中，就能擺脫笨重的身體了。」

「先生，如果你是鳥，這個地方八成不差。牠的親人住在這兒，這兒八成是牠的家。」

但菲利斯先生無法想像心滿意足的感覺，連發生在大海雀身上也不行。「不，我看牠很久了。牠絕望到想要投海，就像菲爾納．莫，但牠缺乏勇氣。」

奎爾很熟悉這個故事，但出於禮貌，他仍等著老師說明。「你知道吧？人們逮到莫偷羊，便懲罰放逐他去大家想到最糟的地方，就是這裡。大夥把他推上船，載他出海。沿路他都在詛咒每個人的眼睛和母親，又發誓會洗心革面，聲稱他是無辜的，懇求大家發發慈悲，送他去本土的監獄，或去博雷島，就是別去戰士岩！由於前景實在太悲慘，最後得要三個人才能成功扛他下船。船開走後，菲爾納．莫縱身跳進海裡，追著船拚命游，直到溺死。」

對奎爾來說，大鳥站在岸邊，盯著牠的大腳，怎麼樣都不像是考慮投水自盡：大海雀跟魚一樣會游泳。

「先生，牠可能跟同伴走失了。」奎爾說：「牠可能在等……」

「啊，跟我們一樣。」菲利斯說：「等待，等待不會發生的事。」

奎爾考慮偷偷溜走，留他獨自啜泣。可是大海雀突然開始整理羽毛，牠張開粗短的翅膀，抖動身體，豎起所有羽毛。牠抬起頭，隔著盜匪面具，順著木棍般的鳥喙，直直看向他。牠似乎在說：留下來。

於是奎爾絞盡腦汁，尋找開心的話題。「菲爾納．莫做了那麼多壞事，一定良心不安，因此拖累了他。光想想他偷了多少隻羊？」他彎曲膝蓋，跌跌撞撞走了幾步，模仿壞人承受不了腦中十幾隻羊的重量，因而步履蹣跚。（他為什麼這麼做？老師躺在雨中，像肚子朝天的螃蟹等海鷗來吃，誰會在這時候開玩笑？）「或許他根本沒跳海！每隻羊的鬼魂出現，把他推下海！他就是缺乏善心哪……我媽說只要有善心和乾淨的耳朵，到哪兒都能過得開心。」

菲利斯先生忍不住笑了。「你媽這樣說嗎？她住過很多地方嗎？」

「她只住過赫塔島，不過她總是很快活，也非常會用長圍裙的角落，我們家連羊的耳朵都很乾淨。」

「那善心呢？」

「羊是要有好毛。『好毛』*和『乾淨的耳朵』。」

菲利斯坐起身。他們一起看巨大的大海雀笨拙的拍動翅膀，整理羽毛。他們猜測大海雀如何保持耳朵乾淨，菲利斯不相信牠們有耳朵，於是奎爾吹了聲口哨求證，結果鳥兒馬上轉過頭來。「也許牠們會互相整理羽毛和清理耳朵。」他推測：「所以牠們才擠在一塊兒住。」

菲利斯看著他，眼神因為缺乏睡眠而不甚專注。他太用力咬下脣角落，嘴脣都腫起流血了。他還沿著髮線扯下幾縷頭髮，留下一排白色小洞。「奎爾，我幫不了你們孩子。」

「先生，我們可以照顧自己。」

菲利斯唐突的站起來。「奎爾，你很有勇氣。」他沒看著奎爾說：「大人倒下後，其他孩子需要你。」他回頭走向中層小厝。從他的衣服掉下頁岩片，像一片片蛋殼。

奎爾沒跟上去。不知為何，他爬下滿是岩屑的斜坡，走向海邊，好近一點觀察孤獨的大海雀。牠可能跟先前是同一隻鳥嗎？在戰士岩另一側，或在博雷島上，可能有數百隻一模一樣的鳥兒並肩站著。

也許大海雀身形如此滑溜肥厚，恐懼會從身上滑掉，或者牠們生來就蠢。鳥兒沒有躲開，只是喃喃自語，就像島主的侍從到赫塔島收租金時，老是低聲計算，在小帳本記下數字。

奎爾說：「哈囉，我是北鰹鳥王，你記得我嗎？」

鳥兒繼續輕聲喃喃自語，前後搖晃身子，將沉重的重量輪流分擔在兩腳。

「你知道世界末日到了嗎？」

大海雀張開無法起飛的粗短翅膀，急速拍打。落日照射下，浪花像金黃的種子散開。牠平坦的雙腳在登陸點踩出痕跡，又給下一波海浪沖掉。牠用粗啞易怒的聲音喃喃自語，但一會兒後，牠的聲音聽起來越來越像蓋爾語，帶著濃濃的本土腔。在奎爾腦中，他可以看到莫迪娜．蓋洛維用赤裸潔白的雙腳踩著沙地，甚至可以聽到她唱歌：

---

*編按：原文「善心」是good will，「好毛」是good wool，這裡奎爾用了諧音字。

大海漫漫，我無法橫越
也沒有翅膀帶我飛

赫塔島上出了事。無論世界末日與否，島民都不會來戰士岩接他們了。能來大家當然會來，但他們來不了。沒有人會來，永遠不會有人來了……除非是審判日和上帝的天使。奎爾發現，他跟菲爾納．莫一樣，都在暗自祈求不同的結果，一直期望能逃離慘況。現在事實落在眼前，像冷冽的海浪：沒有人會來了。不管為什麼，他們都受困在戰士岩上。船在海上沉沒，船上全員淹死：這種事成天發生。每艘沉沒的船上，直到最後一刻，水手和乘客一定都希望命運逆轉，拯救他們。

奎爾希望在非得回去小厝前，他能好好哭一場。只是音樂仍在他腦中喧囂，試圖阻止他思考：

給我一艘載兩個人的船
我們一起划吧，我與我的愛

於是他閉上雙眼，馬上想像自己走向老家的田地，他們在這兒種小麥和蔬菜。一個女孩站在剛鋤好的田裡，撒著種子。種子像黃金水滴從她手中散開。

莫迪娜？

哈囉，奎立爾。

蓋洛維小姐，妳願意跟我來嗎？

我考慮考慮，我喜歡旅行。你打算去哪裡？

我們幾個要去海上的岩柱，捕捉暴風鸌和咕嘎。如果妳願意，妳也可以來？躲在船上？偷偷上岸躲起來，我們可以暗中見面。也許小厝有個角落沒人注意，妳可以躲在那兒，沒有人會知道。

我很樂意，奎爾。你很有勇氣，頭髮也很鬈。你一定會成為北鰹鳥王，不管對誰來說，國王都是好對象……

溼潤的重物重重壓向奎爾的腿，嚇得他趕忙睜開眼睛。孤獨的大海雀想尋覓牠的伴侶或聚集的鳥群，竟靠著他的小腿，用蒙著小偷眼罩的雙眼打量他。他伸出手，摸摸牠的背。

恐懼逐漸淡去。應該說……他把恐懼擱到一旁。跟死鳥一樣，恐懼也能留到以後。

回到小厝已經沒有晚餐給他吃了，凱恩「牧師」反而對他說教一番，警告他拖延之罪。莫多也生氣了，因為他很擔心奎爾遲回：有男孩遲回可能表示他摔死了。菲利斯先生焦慮的瞥向他，彷彿擔心不該向一個孩子傾訴那麼多。

但奎立爾不需要晚餐、訓誡，或菲利斯先生的信賴。他在就寢空間蜷縮起身子，隔開所有聲音，只剩下腦中的歌聲：

喔我至死都不會結婚
因為怒海暴風拆散了我與我的愛

他看進自己儲藏塔般的腦袋，發現裡頭裝滿影像，或許剛好夠支撐他度過眼前的困難時光。聳立在頭上的石頭顯得不那麼重了。即使他的肚子咕咕作響，他仍睡著了。

第六章

告解

每天都有人終於面對現實。那一刻，他們的擔憂轉為確信：他們遺世獨立，沒有人會來了。某天晚上，連約翰都淪陷了。圓潤、愉快、隨和的約翰，平日明明感覺一點也不「擔憂」。他從小厝門口出去，開始叫道：「媽！媽咪！妳在哪兒？」小鬼頭感到他的恐慌，也加入一起叫了又叫，直到東諾・唐怒吼要他們別再吵鬧，「牧師」則唱起聖歌。

年長的男孩緊張又羞愧，硬把年幼的孩子拖進室內，猛搖他們，罵他們丟盡父親的臉。可是恐慌會傳染，年長的男孩也坐立難安，像羊群看到鬆綁的狗兒。尤恩用甜美如笛的聲音陪襯凱恩的聖歌，卻無法抑止洞穴內攀升的恐懼。菲利斯先生把臉轉向牆壁，用雙手摀住耳朵。

等聖歌終於結束，大家聽得見奎爾的聲音，他便開口問：「誰想聽故事？」

凱恩「牧師」一臉不悅。肯尼斯噘起嘴脣露出譏笑。

尤恩小心的問：「《聖經》的故事嗎？」

戴維快步跑來，直接坐在奎爾跟前。不出多久，其他人也爬過來加入。

「你們知道為什麼這個地方叫戰士岩嗎？」他們茫然看著奎爾。凱恩「牧師」

開始低聲哼氣，彷彿他知道，只是覺得解釋起來太麻煩。

奈爾不太有把握的說：「因為看起來像戰士？」

「老兄，以前沒錯喔。當年大海比較乾，露出來的地面上有一條條道路。亞馬遜女王就駕著馬車一路從愛爾蘭過來。」

他看到大家奔騰的思緒轉向，遠離險境，小跑步慢慢停下來，沉醉在說故事的熟悉樂音中。

「這時傳來巨龍出沒的消息。這隻噴火巨龍來自遙遠的北方，那兒的怪獸都是冰做的。女王當然得去對抗巨龍，因為龍這種怪物出現時，她必須挺身而出。可是赫塔島民說：『我們怎麼辦？要是妖精來襲，或海盜跑來呢？要是出現高如天空的巨浪，或颳起大風吹倒我們呢？要是來了跟劉易斯島一樣大的鯨魚呢？』我跟你們說，他們非常害怕（雖然他們通常很勇敢）。於是亞馬遜女王叫一百多名武裝手下站在彼此肩膀上，一揮馬鞭，把他們變成一名戰士，命令他站在海中，在她離開時，無論如何都要守護赫塔島民不受任何危險。他站呀站，女王便駕著黃金馬車走了。他站呀站，眼看海水升高，蓋過所有道路。他站呀站，忍受強風吹襲，一年一年過去，風吹掉他身上所有殘破的衣物。即使他裸著身體，冷得快死了，他還是繼續站著，任由海浪衝擊他的身體，海風拔掉他的毛髮，因為他心中有一百個人的勇敢。各種鳥兒如果太累，懷了鳥蛋身子太重，或像大海雀沒有能飛的翅膀，便在他的腋窩、肚臍、鼻腔和身上各個部位找地方休息。對他來說還滿好，能稍微溫暖一些。直到今日，他仍站在這兒，因為女王要他照看我們。」

奎爾張開眼睛，首先看到戴維仰頭望著他。接著他看到柯爾．凱恩布滿血絲的臉頰和鼻子，一臉怒氣沖沖。「什麼！我們當中難道有異教徒？」

奎爾說：「我只是說故事罷了。」

年幼的男孩四處打量小厝的屋頂和牆壁，好像在確認戰士身上哪條皺褶在保護他們。

凱恩用最像「牧師」的聲音刺耳的說：「只有主會幫助我們！」

「我的意思不是……」

菲利斯先生從燭火照不到的洞穴角落說：「這孩子沒有惡意。」

「柯爾，我煮一顆蛋給你吧？」東諾．唐試圖轉換話題。

但自稱牧師的他怒髮衝冠，沒時間享受水煮蛋晚餐。「難怪這個不良少年褻瀆了主的聖壇！」

大家驚呼一聲。一陣混亂後，莫多聽懂怎麼回事，便開始解釋他們得趁儲藏塔變成聖壇前拿走捕鳥網。可是他越說越小聲，因為他看到尤恩嚴肅的點頭，承認奎爾和莫多確實玷汙了儲藏塔聖壇，害所有花朵飄到風中。

「以主之名，我禁止你們跟這個異教男孩說話一星期。」凱恩宣布：「以免他不潔的話溜進你們的耳朵！」

一小群聽眾聽話後退，爬著遠離奎爾。不過有故事包裹身體，他們回到就寢空間睡時便暖多了。戰士岩不只是一堆石頭，而是巨人守護者，把他們藏進口袋保護。

唐先生和菲利斯先生也刻意跟奎爾道晚安。

當凱恩「牧師」宣布安息日工作有罪，沒有男孩反對。永無止境的攀岩加上缺乏舒適的睡眠，令他們累到骨子裡。崖壁害每個人都瘀青、擦傷和扭傷。恐懼也使人疲憊：那是因為恐懼和未知的迷惘。

然而唐先生非常震驚他竟提議浪費星期日。夏日逐漸遠去，如退潮無法阻攔，鳥兒也會一併離開。雖然捕鳥隊已經捕抓了一整山的鳥，對唐來說永遠不夠。如同守財奴為了老後存錢，他腦中沒有別的，只想要為往後陰暗未知的日子準備，還要避免男孩們閒下來。

菲利斯先生也同意：「我們要考慮餵飽冬天的肚囊。寧可現在工作，也不要到時候只能反芻食物來吃。」

凱恩莊重的說：「活著唯一的目的就是崇敬主。」他的語調起伏，彷彿考慮要配上音樂。

菲利斯不為所動。「那你跟我說，誰來決定什麼時候是週日？我對月份都沒什麼概念了，更何況每週的每一天。」

「聖靈會開導我。」凱恩的聲音傲慢得不可思議：「我的靈魂深處知道何時安息日到來，每個好基督徒都該知道。」

菲利斯不太介意凱恩暗中羞辱人，倒是比較煩惱他愚蠢的主意，東諾·唐也是。唐是赫塔島一流的工匠，他強健的大手能建造石牆，也可以把浮木刻成湯匙，或用羊毛織出無袖外套。「我們應該出去找木材，」他吼道：「不是懶懶坐在這兒。上帝會幫助努力自救的人。假如我們建造一艘木筏，越海到博雷島……」

假如在村裡的國會，菲利斯和唐的兩票會勝過柯爾．凱恩。然而在戰士岩上，凱恩結交到打不倒的盟友：上帝、恐懼和倦意。他半唱半像羊叫般布道，警告男孩不准打破神聖的律法，在星期日工作，否則等上主選派天使來戰士岩時，他們會被拋在後頭。

那晚就寢前，他朗聲說：「我們是捕鳥人，在上帝眼中，我們確實有錯！想想你們的罪，快快悔改！」沒有人睡前想聽這種搖籃曲，但凱恩很高興自己的聲音在小厝迴盪。

奎爾發現沒人遵守凱恩的禁令，都繼續跟他說話，不禁鬆了口氣。年長的男生不太能把「挖墓工凱恩」轉換成「講話如聖旨的凱恩牧師」。年幼的男孩記不得要遵守規定：他們想到什麼，就直接從嘴巴說出來了。

隔天戴維問他：「奎爾，人在天堂做什麼？」

「我想跟我們一樣吧，只是不用繩索。」奎爾描述天使攀爬拔尖的雲朵，捕捉鳥兒，把鳥頭塞進腰上的黃金綁帶，直到身上掛滿咕嘎、魚鷹和白天鵝。

然而頭上的雲層累積滿滿的雨水，變成瘀青般的黑色、褐色和紫色。海水翻騰起伏。他們在小厝門口堆起一面石牆，阻擋強風，石塊不住的互相摩擦。隔天颳起短暫的風暴，緊接著又來了一次接一次。燃料太珍貴，他們早讓招呼天使的營火自然熄滅，不然這陣風暴也會澆熄火焰。至少他們成功保住中層小厝的火光：凱恩牧師喜歡吃熱食，所以用餐時間願意慷慨出借火種盒。室外吹來的穿堂風將他們的頭籠罩在煮鍋的蒸汽中。戴維的母親借他們鍋子，換取四顆蛋和三隻鳥。

戴維問道：「奎爾，我媽一個人怎麼煮熱食來吃？」每回煮鍋出現，他的淚水便突如襲來。

奎爾說：「我猜她會去鄰居的火爐邊吧。」

「什麼，她不在天堂嗎？」戴維嚇壞了。

「我就是說在天堂呀。」奎爾趕忙說：「你以為天堂沒有鄰居嗎？沒有煮鍋嗎？上頭成天都在吃聖誕大餐呢。」戴維認真的點頭。

頭上石塊的裂縫或小洞傳來一陣詭異的嚎叫，宛如純粹的悲痛。自此以後，秋風每晚都帶來同樣的聲音。

傳統的力量強大，千年前的信仰仍流傳在赫塔島上。聖基爾達群島的人民認為死者的靈魂在小島和岩柱上飄蕩，像羊毛勾在石牆、尖銳的石塊或荊棘樹叢上。有些靈魂受困在峭壁上、瀑布下或深谷底端，等待大自然洗淨他們的罪。每回狂風嘶叫，就替這些靈魂發聲，當穿堂風嚎叫穿越中層小厝，他們聽到的便是這些聲音。然而哪些人的鬼魂在這兒，朝他們耳邊慘叫？撞上峭壁沉船的水手？某年夏日來戰士岩的捕鳥人跌落石塊，遭到朋友遺棄，沒有埋葬？

「那是菲爾納．莫的鬼魂，」肯尼斯朝拉赫倫的後頸低吼：「晚上要來割你的喉嚨。」

「才不會！」拉赫倫反駁，「他看到你魁梧的骨架，會誤以為你是一隻大羊，把你偷走吃掉。」

幾個孩子偷聽到他們的悄悄話，暗中心生恐懼。他們不像拉赫倫，講到鬼很容易受怕。

嚎叫聲在約翰心中燃起不同的恐懼。他悄聲開口，冰冷的鼻子碰到奎爾的脖子。「你覺得我們是鬼魂嗎？你覺得我們會不會在橫越大海時淹死，只有靈魂來到這兒？」

約翰的臉太靠近，奎爾無法聚焦，但他注意到眼淚和極為慘白的臉色。為什麼大家一直問他這些無法回答的問題？他怎麼會知道？他在峭壁上工作五小時，小腿都抽筋了，感覺完全不像脫離身體的靈魂。「不可能啦，不然我們會記得，你不會忘記死掉這種事。你幹嘛這麼說？」

他的眼淚還是落下來了，兩人只好到外頭處理約翰的問題。「這個嘛，上天可能把我們放在這兒，等風吹走我們所有的罪，就像風吹掉戰士身上的衣服！……奎爾，你認為罪看起來像血嗎？」約翰探進繼承來的垮褲褲頭，抽出來的手指沾滿了血。

奎爾的反應是：「你得告訴別人。」

「有啊，我不是告訴你了。」約翰似乎為了活生生流血感到羞愧，奎爾則是純粹嚇到了。要是他得了傳染病怎麼辦？還是他們全都可能面臨同樣的厄運？他盡力試圖解釋血液為何突然外湧。去年坎貝爾太太的兒子跌跤過世時，奎爾親眼看到，他嘴巴和耳朵都流血了。「你今天跌倒了嗎？」

約翰呻吟道：「沒有沒有沒有！」

暴風鸌吐出胃裡的東西時，液體呈現寶石紅色。「也許你把暴風鸌夾進腰帶時，不小心擠到了？」

「沒有沒有沒有！」

當然，依照莫多的姊姊所說，成年女子每個月會流血，證明她們沒有懷孕⋯⋯約翰前後搖晃，手摀著發疼的肚子。陳舊褲子的破爛褲管露出他光裸的腳，腳踝纖細，不像奎爾。基爾達群島的男人都是鳥人，腳踝粗壯，腳趾像鳥兒張開。打量他圓潤的大臉沒有意義：約翰頭髮剪得很短，肌膚都給頁岩弄傷，讓狂風吹裂了。

「約翰，我能問你一個問題嗎？有沒有可能⋯⋯也許你⋯⋯」但奎爾結結巴巴停下來。假如他猜錯，約翰肯定會打斷他的鼻梁：約翰出拳力道可大了。沒有妥當的方式能問他的好夥伴、好傢伙、另一個男孩……你有沒有可能是女生？

「女人每個月會這樣流血一次。」他試探般說明：「我聽莫多說的，這很正常。據我所知，她們不會因此受傷。」他想看看這番話對約翰造成什麼影響。

「真的嗎？」

「莫多說的，他有姊姊。」

「他有說她們會因此肚子痛嗎？」

「他說她們會變得暴躁。」

約翰低下頭，閉起眼睛，看似準備告解。然後她說了。

約翰的母親生了八個小孩，但七個都過世了（奎爾隱約知情。在赫塔島上，這種故事並不罕見）。第八個出生的孩子是女孩，她的母親認為先生可能失望而死：他極度想要兒子。於是她自己剪斷臍帶，緊緊包住小嬰兒，告訴丈夫她生了男孩。他們把「男孩」命名為約翰，當作男生養大。連約翰都不知道事實，畢竟出於好意的小謊能傷害到誰呢？

大概不會傷到任何人，除了約翰。

「我一直搞不懂：為什麼我老是扭到腳踝，為什麼我說話的音頻那麼高。還有尿尿比賽的時候，為什麼我總是贏不了？一次都不行？我以為我生錯了，只是一團沒用的廢物，於是我變得非常憂鬱。最後媽媽只好告訴我，但她要我永遠不能跟爸爸或其他人說。她說假如我說出去，她會羞愧而死。所以你絕對不能說！」約翰驚慌的說完。

「我能跟誰說？」奎爾說：「妳媽提過流血嗎？」

約翰搖搖頭。「她應該說的！她應該告訴我！這不公平。」

奎爾只能同意：把約翰蒙在鼓裡著實不公平。或許這可憐的女人想假裝約翰真的是男孩，或者她就是忘了。但奎爾越想，就越覺得過分。約翰可能喜歡或想要女孩子的東西，卻都沒了機會：紅色頭巾，藍色洋裝，每個女人都戴的小胸針，在工作桌前唱歌。還有結婚！以及床腳邊的嬰兒床……

不過約翰說的沒錯：奎爾絕不能說出她的祕密，在這兒不行，現在不行。女孩會一起捕鳥，男孩會一起捕鳥，但兩者混在一起，就像把蠟燭放進一袋羽毛。「最好別再說出去了，」奎爾說：「否則妳會惹上各種麻煩。」

她默默點頭，然後問他什麼意思。

他的母親總是說：奎爾，善心花不了一分錢。現在他一定要講幾句好話。

「呃，老兄，想想多少人會為妳決鬥！多少人會傷心！每個男生都會搶著要娶妳！妳這麼……漂亮。」

約翰開心的紅了臉。「所以你早就猜到了嗎？」

「沒有！好吧……我可能有點懷疑。妳這麼……小隻又脆弱。」

約翰非常感謝他，用力抓著他的手整整一分鐘，哭得像，好吧，像個女生。

奎爾非常感謝莫多告訴他女人每個月的祕密，因此他自然直接去找好友，跟他說約翰其實是女生。「你不能跟別人說，永遠不行，懂嗎？誰都不行，我答應她了。」

「我能跟誰說？」莫多說完聳聳肩。不過他露出古怪的表情，奎爾只能解讀成一閃而過的希望。

凱恩「牧師」接下來決定大家每週都要向他告解自己的罪。雖然未經討論，不知為何凱恩已不再捕鳥，成了全職牧師。

他必然是突然想到這個點子，非常滿意，甚至等不及到晚禱再公布，就派尤恩去找每個男孩，告知他們每週的何日何時要成雙來參加指定的告解。或許凱恩也想藉此避開唐先生和菲利斯先生。假如他在晚餐時宣布，大人的笑聲或抗議怒吼可能有損「牧師」的神聖氛圍，而凱恩深信他的神聖氛圍。他甚至模仿巴肯牧師握住大衣領子的動作，有樣學樣握住他的外套前襟。假如他要當聖殿牧師，他絕對需要空出雙手來握領子，看起來才有尊嚴，因此他必須放棄捕鳥。

東諾·唐終於聽說他召集大家告解時，氣得人都腫了，下巴還脹成紫色。他把毛拔到一半的鳥丟在地上。「天哪，我們現在是天主教徒嗎？只有外邦人和天主教徒才會『告解他們的罪』。怎樣，他是教宗嗎？哪個人跟我解釋一下：現在他有權力赦免人的罪嗎？」菲利斯先生也一臉鄙夷，太陽穴冒出藍色的微血管，但他沒說什麼。如同牡蠣吸入銳利的砂礫，然後緊閉起殼，菲利斯也鮮少把感受化為話語。況且他和唐算是把男孩的靈魂交給柯爾·凱恩照顧（只因為他們自認無法勝任），所以那個人變得自視甚高，或許一部分也是他們的錯。不過如果凱恩以為唐和菲利斯會向他「告解他們的罪」，他可就錯了。

那天晚上，洞穴裡的男孩都在努力思考該告解什麼。當他們的視線轉向奎爾尋求建議，他舉起雙手自保。「別問我，我哪知道？」

大家似乎賦予他可怕的新角色：「有幸想出好點子的傢伙」，但他想不通為什麼。身為北鰹鳥王就得這樣嗎？不對，那只跟攀岩技術有關。奎爾記得在赫塔島上，他不過是極其一般的人。然而……然而回顧他的童年，他記得年長的男生感覺不一樣，比較可信，比較不同……難道男孩到了一定年紀，就必須變成不同的人，提供他人協助和答案？想到這兒他嚇呆了。

不過當約翰悄悄跑來問他：「奎爾，我一定要告訴牧師我是……那個嗎……？」他非常堅決的搖頭，導致即使隔著爐火的煙霧，肯尼斯也感知到有祕密，像聞到肉的狗起身。

肯尼斯當然有很多罪行可以告解，也應該告解。照理講，肯尼斯應該為出生在世上道歉，但身為惡霸，晚上躺著睡不著，擔憂自己的罪行也太奇怪了。因此晚餐時，大家都很震驚他在所有人面前起身，跟海玻璃一樣冷靜的對柯爾．凱恩說：「我們應該告訴你，其他男生做了什麼壞事。」肯尼斯眼中閃耀惡作劇的光芒：凱恩總該看穿他心中的惡意。

然而，「牧師」說「很好！」，難以壓抑熱切的口氣。「很好！就這麼辦吧，肯尼斯，好孩子。每個人可以告解自己的錯，或告訴我其他人的罪，最後全都會公開。」

肯尼斯瘋了嗎？大家必然會在告解時抱怨肯尼斯咒罵他們，肯尼斯毆打他們，肯尼斯絆倒他們，或扭傷他們的手臂，或打破他們拿的蛋……可是不會，稍做思考便知道絕不會這樣，當然不會。大家都擔心惡霸會秋後算帳，所以沒有人敢告狀。

肯尼斯露出不懷好意的得意眼神，環視洞穴。他的視線輪流停在每個男孩身上，臉上表情彷彿在問：我該跟他怎麼說你呢？

奎爾悄聲對莫多說：「你不會說出去約翰的……祕密吧？」他知道莫多考慮過，因為有那麼短短一瞬間，他自己也考慮要說。

「何必呢？身為女生又不是罪。」莫多甚至很憤怒奎爾這麼問（雖然他明明想過）。「我們啥都不該告訴他，大家做什麼不干他的事。」他握起拳頭，捶向空氣。最近莫多身上的狂暴之氣嚇到奎爾。朋友偏離你喜歡的樣子，實在很難受。奎爾伸手安撫他，但莫多甩開他的手，彷彿需要所有的怒氣，因而擔心奎爾從他身上偷走一些。

「這樣吧：我們就說我們沒做什麼。」奎爾建議：「禱告次數不夠，工作不夠認真，忘了怎麼算數。絕望也算一種罪，我們可以告解說感到絕望。」

莫多怒吼：「我沒有感到絕望。」

「我知道，我只是說……」

莫多也同意這麼做最好：告解他們「沒做的事」，而不是「有做的事」。於是他們在指定的時間去告解，跪在所謂的「牧師」面前，坦承他們的遺忘之罪：

「昨天晚上睡覺前，我沒有禱告。」

「我忘了十誡的內容。」

「媽媽要我在地上撒灰，但我沒做。」

「巴肯牧師說話的時候，我在聖殿睡著了。」

「上星期四我好像感到絕望。只有一下下。也可能是星期五。」

「你能跟我說說其他人的罪嗎？」

「沒什麼，凱恩先生。」

村裡的挖墳工說：「凱恩牧師。」

可是奎爾向約翰發了誓，也跟自己發了誓：他永遠不會稱呼柯爾・凱恩是「牧師。」他再說一次：「沒什麼，凱恩先生。」凱恩用手背使勁打了他一下。

奎爾沒跟任何人說凱恩先生打他，可是一定有人說溜嘴，因為男孩們突然嚇壞了。本來大家都像莫多和奎爾，笑談他們要告解什麼，或者要指控誰，說什麼他會剔牙，他在我耳朵旁邊打呼。現在面臨暴力威脅，他們再也笑不出來了。

聖基爾達群島的人民都很溫和。奎爾很清楚，因為莫迪娜親口說過：你們真是親切溫和，就像知更鳥，開開心心停在你們的小島王國。

拉赫倫脫口而出：「如果凱恩打我，我要殺了他！」

其他人直盯著他。他氣得臉龐發紫，像狗咧嘴露出牙齒。「在這兒不行，不行，不行，他不行打我！沒有人可以打我！在這兒不行！」他怒目瞪著其他男孩，彷彿他以為戰士岩是避風港，卻發現有大人揮舞拳頭威脅他。

第七章
奇蹟

星期幾似乎很重要，而且不只是為了知道何時又是週日，或者哪天要告解。星期四跟星期二有什麼差別？大夥吃一樣的食物，做一樣的工作，想同樣的事。然而他們天天都在問：「奎爾，今天星期幾？」「奎爾，星期五了嗎？」「星期一了嗎？」詢問星期幾就像爬下峭壁，用一腳四處探索，尋找下一個落腳處。假如伸出腳卻找不到地方踩，會令人緊張。

但他們為什麼老是要問他？他們為煩躁的情緒所苦，像癬菌病爆發，奎爾跟大家一樣都受害。他的鼻水流個不停，上脣痛得要命。然而聽到卡倫抽鼻子，或者又有人問：奎爾，今天星期幾？讓他感覺更糟：這些聲音像滾燙的水滴在他的神經末梢。奎爾深呼吸，找來一顆尖銳的石頭，開始在就寢空間上方畫日曆。他隨機決定現在是十月。

東諾．唐也畫了一張他在建造的木筏圖片。岩柱上只會長地衣和帽貝，要怎麼打造木筏？只能讓大海帶建材給你。海水會送來各式各樣的東西：漂浮的碎木，災難殘留的碎片。有時遠在海上，大浪會撞上船隻，把籃子、木桶和箱子捲下船，甚至會沖斷船桅。不過不用過於深思木材的來源，否則碎木會害你的心淌血。

有時大浪還會捲走船員。

為了躲避風暴，各種船隻都會掉頭駛向聖基爾達群島，想停靠在赫塔島的村落灣，或躲在岩柱的背風面。然而激流會困住一些船，把船身甩向峭壁，像燕麥餅摔碎。或者石塊會卡住船隻，任海水把木條、龍骨、甲板、船員扯得分崩離析……

總而言之，時時刻刻都有木材出現。一根木條可能在世上的海洋飄蕩多年才靠岸，下一場暴風雨又可能沖走它。不過基爾達群島的人民會蒐集木材，如同他們蒐集各種東西：海草、甲殼動物、鳥蛋……

所以東諾・唐才有辦法建造木筏。他要男孩注意水邊的各種東西，然後親自把材料拖上岸：木材的一角，木桶的一部分，一段龍骨，一個藤編的龍蝦罐。現在下層小厝堆滿沒人認得出來的東西，只知道這些材料隨水漂來，也可能再漂走。唐先生要奎爾拔出木材中的舊釘子，希望能重新利用，等時機到來，便能把所有材料固定成木筏……他打算橫越到博雷島。他不想只是等待，也只能這麼做了。

莫迪娜・蓋洛維在赫塔島的某一天，她說她教男孩們夠多事了，該換他們教她一點東西。於是他們教她如何用稻草編織裝蛋籃：爬上懸崖平台採集鳥蛋時，沒辦法空出手捧著蛋回來。

「你們的手總是好忙。」莫迪娜說：「我注意到了。你們要不是替網子打結，就是在編織，或辮結馬毛，或修補繩索，或捕捉鳥兒。我覺得很好。我活著的每一刻都要忙著做事，不要浪費任何一秒……當然除了睡覺以外。」她補上一句，笑了起來。不知為何，奎爾腦中想到，假如問他死前想看什麼，他會想看莫迪娜・蓋洛維的睡顏，她睡的枕頭裝滿他親自採集的羽毛。

那天他們坐在主街修補繩索，伸出光裸的腳享受陽光。莫迪娜看著他們說：「上帝創造你們的時候真聰明！他給你們鳥兒的腳，以及智取厄運的足智多謀。」

「足智多謀」，奎爾從未聽過這個詞，但他非常清楚代表的意思，於是他把詞彙藏在心中。其實他收藏了許多她說的話。就像卡在浮木中漂上岸的釘子，首先他會弄直釘子，接著收進口袋，以備不時之需……他無法確切解釋為什麼他收集文字。對寡言的聖基爾達群島人民來說，釘子比文字有用多了。

況且想要打造東諾・唐的木筏，文字幫不上忙。即使博雷島近得令人心癢，還是需要大量的足智多謀、浮木和釘子，才能讓木筏撐到那兒。為了尋找浮木，有天一群男孩下到水邊。

至少事後跟大人解釋時，他們是這麼說的。

下到戰士岩基部總是危險。即使在最平靜的日子，海上的波濤仍會湧入。第七道海浪永遠比其他浪頭高，但你不會去數海浪的次數，免得不小心數到九，染上基爾達憂鬱，害你腦中裝滿陰鬱的情緒。所以要遭到第七道海浪突襲很容易。

「宣稱不相信世界末日的」肯尼斯戲弄尤恩好幾天了，一直叫他「我們的小天使」和「上帝的小狗」，還說尤恩「想當天使只為了穿洋裝」。戲弄。一旦肯尼斯出於玩心迫害別的男孩，這個模糊的小詞彙便難以形容他的行為。

不過尤恩雖然溫和如羔羊，卻有鐵打的骨幹。不管肯尼斯怎麼嘲笑他的「神聖幻覺」、他對天使的信仰、他替儲藏塔聖壇採集花朵、他吟唱詩歌，尤恩都咬牙堅持下去，繼續替肯尼斯和所有人禱告。

有一天，肯尼斯看到小天使拜倒在聖壇前，雙手外伸，臉被冰冷的石塊擠得變形。他踏在尤恩背上說：「你能在水上行走嗎？走在水上，你行嗎？行嗎？只要心中充滿信仰，就能走在水上。我在《聖經》裡讀到的。」

很難想像肯尼斯讀過任何書，不過他沒說錯。聖基爾達群島的人民對海相關的事都很感興趣，因此大家在聖殿特別喜歡聽耶穌在加利利海上行走的故事。「於是他的好友彼得爬出小船，開始走在海浪上……直到他腦中突然想到這種事做不到。他的信仰辜負了他，他便開始下沉。耶穌必須伸出手，以免彼得淹死。」教眾點頭，輕易就能想像畫面。他們看過無數海燕滑過水面，雙腳從未探進水中。

於是現在肯尼斯對尤恩說：「你應該試試看，大家都知道你是這兒的聖人。」他從尤恩的肋骨挪開腳前，要尤恩保證會試著從水上走到博雷島。

肯尼斯悉心挑選時間。隔天他等其他人都爬上峭壁工作，才假裝拉傷肌肉，宣稱他無法工作。接著他召集一群觀眾，就為了等尤恩退縮，害他更丟臉。觀眾中當然沒有大人，也沒有年長的男孩，都是年幼好騙的孩子，以為他們要目睹「奇蹟」：拉赫倫、奈爾和戴維。

奎爾和約翰共用一條繩索，綁在尖銳的石柱上。約翰注意到登陸點聚集了一群男孩，肯尼斯高大的身軀站在瘦小的小鬼頭旁邊。她指給奎爾看。奎爾嗅嗅空氣，惡作劇的氣味隨著上揚的風吹進鼻中。

然而全身掛滿鳥兒時，要爬上繩索很花時間，尤其上方又沒有操索人拉你上去。

奎爾朝下頭喊道：「往下距離多遠？」約翰估計往下爬比往上安全。他們必須忍痛跳到下方的平台，接著悄悄往下爬，繞向群聚的男孩。他們近到可以看見肯尼斯臉上的燦笑，卻又不夠近，朝風中大喊也沒人聽得見。

惡霸假裝用震驚的口氣激昂的說：「尤恩，我從來不知道你跟老鼠一樣膽小！我真不敢相信你這麼像蟲，像小女生，像懷疑耶穌復活的多馬。信仰這麼不堅定。」其他男孩緊張的笑，卻也顯得不安，有些失望。奇蹟要是發生該有多興奮呀。

奎爾不知道肯尼斯下的戰書。他小心翼翼朝海灣爬去，峭壁很陡，急了跌倒反而愚蠢。因此他還在半空中，就清楚俯瞰到尤恩受夠肯尼斯霸凌的那一刻。

尤恩直接走過滿布泡沫的岩棚，繼續前進，踏上海水。

大海吞噬了他。

肯尼斯的下巴掉了下來。他伸出手，彷彿想從空中拉回這一刻。他又用另一手無意義的抓了一下，這時拉赫倫飛奔而過，跳進海裡。

「我沒想到他會真做！」約翰和奎爾從岩壁滑下來時，肯尼斯大叫第七次：「我沒想到……！」

第七道海浪高高湧起，他們都看到尤恩伸長四肢，懸吊在透明的海水中。接著他又消失了，冰冷的大浪拍碎在他們大腿上，害小傢伙踉蹌幾步。酷寒震懾他們，雙腿的肌肉和頭腦都僵硬了。他們只能盯著浪頭後方的凹陷：宛如閃亮的深碗，裡頭什麼也沒有。

拉赫倫獨自浮上水面。他左右張望，沒看到人，又頭下腳上鑽進水裡，踢動的腳在水面上留下一串綿密的泡沫。下回他浮起來時，手裡抓住尤恩的外套後頸。

拉赫倫踩著水，看向陸地，就像村子海灘外的海豹。他沒有努力要游過來的意思。尤恩眨眨眼，開始掙扎，但拉赫倫抓住他的臉，嚴厲的對他說：「不要動。」他在數海浪。當他回過頭，看到一股大浪像鯨魚的後背湧起，他讓浪頭載著他和尤恩沖向戰士岩。要是碰上橫流，海浪會把他們摔死在岩面上。

然而岩棚像鑷子接住他們。海浪從他們身下溜走，留下兩人雙臂雙腿溼淋淋的，像海星冷得抽動。

尤恩終於哭了出來。不是因為肯尼斯，甚至不是因為害怕或發冷，而是因為他沒能走在水上。

肯尼斯震驚極了。「他在想什麼？笨蛋！傻瓜！腦袋有洞！他的腦袋是起司做的嗎？」他沒想過小天使會接受挑戰，會相信這件事做得到，會膽敢這麼愚蠢。「我只是在鬧他！我只是開玩笑！」

他只是想要那個孩子哭泣求饒。

結果連拉赫倫也跳下海！可憐的肯尼斯：困惑的情緒沉坐在他身上，像溼答答的羊，壓得他喘不過氣。

至於拉赫倫，如果男孩子有長尾巴，他的尾巴一定搖個不停。他成了英雄，奎爾很樂意給他一個金鎊（如果他有的話）。除了肯尼斯，每個人都等不及回到小厝，宣傳拉赫倫的創舉。

約翰說：「可是你們不能說。」她朝尤恩的方向點點頭。他語無倫次，渾身發抖，痛苦不已。「可憐的小傢伙。他已經感覺夠糟了，難道你們還要跟大人和其他大孩子說他試圖施展奇蹟？」

沒錯，如果他們說出事實，只會加劇尤恩的窘境和羞愧，大人也會大發雷霆指責參與的每個人。

於是回到洞穴後，他們說大家想幫忙建造唐先生的木筏，尤恩拉漂浮木上岸時摔進水裡，拉赫倫跳進海裡救了他。讚嘆、口哨聲和欽慕的耳語四起，把焦點從尤恩身上挪開，他便不需要說什麼。

他們脫掉兩名落水者的衣服，用毛帽擦暖他們的身子。其他男孩暫時借給他們各種破爛的衣物。

凱恩「牧師」站起身。「我們一起感謝主。」他用陰鬱響亮的聲音開口，彷彿怨恨大家的目光都轉向襤褸男孩拉赫倫。

奎爾仍因如釋重負而興高采烈。「嗯，但我們也要感謝拉赫倫！」他對所有人說：「我認為現在他才該當北鰹鳥王！」大夥歡呼同意。凱恩擺出臭臉。

拉赫倫額頭上通常有深深的皺紋，像揮之不去的皺眉，笑的時候也不例外，看起來像個小老頭。現在他整張臉閃閃發光，開心的咯咯笑，稍微跳了跳舞（不只是為了取暖）。他說：「以海裡所有魚兒發誓，我好愛這個地方！」

奎爾花了一會兒，才意識到拉赫倫指的是這塊岩柱，他指的是戰士岩，這根烏黑的蠢石塊。他們八成至死都要困在這兒，遠離他們的家人，遠離他們的狗，遠離床、粥、井和所有開心的事物。然而他們從沒看過永遠皺眉的拉赫倫這麼快樂。

第八章

放逐

北鰹鳥要離開了。他們為了北鰹鳥來到戰士岩，但現在每天都有更多北鰹鳥家庭從懸崖起飛，像牆上剝落的白色塗料，吹飛到海上。牠們不會回來，將在海上過冬。牠們不像捕鳥隊，可以隨性離開。少了鳥兒，岩壁變得更加漆黑，更加寂寥。看牠們飛向大海，更是加深了遭到徹底拋棄的感覺。

突然每天都成了安息日。

「牧師」說大家必須停止捕鳥，醒著的每一刻都要用來禱告和吟唱詩歌，扭擰靈魂，看會滴出什麼髒水。他會親自引領大家走向救贖。

東諾．唐發出罕見的哄笑聲，不可置信的搖頭。菲利斯先生呻吟一聲，撇頭面對牆壁。男孩當然將之視為善意：他們不需要離開洞穴了。天氣不再友善，只要出了小厝，避不了的冷風正等著他們。少了溫暖的太陽，雨水淋溼的衣服也無法快速晒乾。

他們逐漸看來像戰爭或船難的生還者，身形憔悴，眼眶凹陷。他們坐著摳挖膝上的痂，互比瘀傷，替未癒合的割傷和擦傷抹鳥油，希望傷口不要惡化。

奎爾心想：沒有人要抗議嗎？太瘋狂了。鳥兒很快就會走光，他們必須持續捕鳥到最後一刻。他們需要修補儲藏塔，還要建造唐先生的木筏。他說得對！唐說得對！有了木筏，他們就能去博雷島！島上有幾間廢棄的牧羊人小屋，還有羊群！他們還能切下泥炭，燒來取暖。即使博雷島跟戰士岩一樣缺乏生機，但島上平緩的地形保證住起來輕鬆舒服，不像這塊殘忍的石柱。

想到要成天禱告不工作，奎爾便心生反感，主要是擔心無所事事。他靠過去，悄聲對莫多說：「老兄，我們不能閒下來。這很重要吧？」他們需要消磨時間，時間才會流逝。否則……否則一切都會戛然而止，他們會無助的坐著，比死去好不了多少。莫迪娜．蓋洛維說過，人要忙碌才好。

奎爾站起身。「我們應該繼續做事。」

每個人都轉頭盯著他，連菲利斯先生都舒展開身體。奎爾把雙手深深插進口袋，彷彿他的手說了話，現在躲起來了。沒有人應聲，他只得硬撐下去。「如果上帝希望我們只是坐著，什麼都不做，為什麼祂要給我們鳥兒的腳，讓我們足智多謀？也許這是祂的試煉！測試我們足智多謀的……程度。」他又頓了一下，吸進周遭的沉默，感覺身子溼了一些。「總而言之，我認為我們不該閒下來。我媽說，閒置的雙手會受惡魔控制。」

柯爾．凱恩太震驚有人反駁他，以致說不出話，只能露出震怒的表情：非常適合他的臉。最終他勉強吐出一句：「哼！小朋友奎爾說話了！還這麼咬文嚼字。」

奎爾這才發現，凱恩不知道「足智多謀」的意思。他很滿意，第一次知道大人不懂的事：「足智多謀」。他的手指緊張的抓著口袋裡沒用的彎曲釘子，這時他想到釘子或許並非沒用，如果未來鳥肉不夠，釘子也許可以當作魚鉤。足智多謀的想法。

不過奎爾的意見沒造成任何影響，東諾．唐和菲利斯先生的意見也是。兩人都認同奎爾，每天仍持續出去岩柱上。唐要尋找浮木，菲利斯則試圖逃避他的擔憂，像狗躲避身上的跳蚤。

「怎樣？誰要來做該做的工作？」唐先生一面怒吼，一面扛著繩索和馬鞍離開洞穴。但是沒有男孩上前。柯爾．凱恩跟他們說，戰士岩現在每天都是安息日，如果他們在安息日工作，要承受「永遠遭天譴的痛苦」。他們既不喜歡也不尊重這個自以為是的無知男人，但這番話足以嚇得大家受他擺布。奎爾想要起身，但莫多又拉他坐下，或許是為了拯救奎爾不遭天譴，但更應該是阻止奎爾背叛不想工作的朋友。

「我們不能閒下來，」奎爾斬聲說：「我們需要捕鳥！老兄，你想餓死嗎？」肯尼斯偷聽到了。「啊，假如沒食物了，我會先從小傢伙吃起。」他朝戴維抬一抬銳利的下巴，舔舔嘴唇笑了。

有一陣子，「牧師」會在室外的聖壇儲藏塔前面，聽他們成對來「告解」。等他嫌天氣太冷，他便把所有人趕到洞穴外，要他們站在刺骨的風中，等他依序審問每個男孩。工作能保持溫暖，站著不動可會冷到骨子裡。

唐和菲利斯捕鳥回來後，很快又會出去。菸草早就沒了，所以他們不是去共吸一根菸斗，而是躲去沒有男孩的地方，順便避著凱恩。

因此那晚柯爾．凱恩揭發他們之中的惡魔時，兩人都不在場。

晚餐在鍋子裡冒泡，懇求讓人吃下肚。這時他宣告：「我聽說我們之間有一位不信之人。」

尤恩從膝蓋上抬起頭，一臉惶恐，但嫌疑犯不是他。柯爾．凱恩並非震驚尤恩無法走在水上。

「你們當中有人不相信世界末日降臨了！有人墮入邪惡的黑暗深淵，腦中充滿下流的想法，漆黑的靈魂籠罩在巫術之中。」

這番話吸引了所有人的注意，連奎爾都目不轉睛想知道誰坦承自己會「巫術」。

他完全沒想到可能是自己。

柯爾．凱恩刺耳的叫道：「戴維告訴我，他看到這個男孩『在海邊跟海女巫說話』。」

戴維張大嘴巴。他從奎爾看向「牧師」，又轉回來。「我只說……看起來很好！奎爾，我只說……我拿我的命發誓！我只說那隻鳥緊靠著你，看起來很好！」

凱恩嚴肅的說：「孩子，跟魅影和惡魔溝通，看起來是好事嗎？」戴維結結巴巴，語無倫次，試圖釐清誤會，但「牧師」揮舞他的權力，就像鐵匠揮舞鐵鎚。他指向奎爾。「不只這樣。不良少年，站起來。你不只勾搭海女巫，肯尼斯告訴我，你跟菲利斯先生的姪女『行過肉欲之罪』。」

「沒這回事！」

有人驚呼一聲（主要是訝異凱恩竟然說出他們私下告訴他的祕密）。肯尼斯竊笑起來。

「現在你又煽動小鬼反抗我的指令，在安息日工作！」

不出一分鐘，他就把奎爾重新塑造成罪惡、反抗和巫術的象徵。

奎爾以為大家都會笑，至少有人會笑，不管誰都好。但沒人笑，他們只是盯著他，一臉害怕又不可置信。

肯尼斯撿起一片頁岩，丟向奎爾。莫多憤怒的站起來，但「牧師」摸摸肯尼斯的頭髮，賜福給他。「沒錯，孩子。我們不能讓女巫玷汙我們的巢穴，敗壞我們的心靈。」凱恩也撿起一顆小卵石，丟出去。他的準頭沒有肯尼斯好，但擺明煽動每個男孩動手。男孩們雖然有些遲疑，仍不大情願的四處找起小卵石。「很好，孩子。主指示我們以祂的名義驅逐惡魔。讓我們把惡魔奎爾放逐到邊陲的黑暗。」

有時候還有機會爭論、解釋、抗議，但這回完全沒有。奎爾甚至沒能彎腰撿起帽子，就被趕了出去。

有一絲理智的人都不會摸黑攀爬峭壁，奎爾卻四肢並用急著往下滑，希望找到菲利斯或唐，向他們求救，可惜到處都看不到他們。天空點綴著鳥兒，某種怕人的鬼祟品種，只在日落後返家。牠們急速飛向海岸，宛如把身體投向堅硬的石塊後消失。有三到四次，幾隻鳥兒飛得太近，翅膀鼓動的低響震耳欲聾，奎爾差點以為要撞上他了。

奎爾跟這些鳥兒一樣鬼祟害怕。他決定前往自己的避難所，去下層小厝，避開月光。不過在深夜中，他能看到的地貌只有下方遠處曲折的金屬色海床，其餘都籠罩在漆黑的虛無中。他甚至看不見自己抓著往下爬的岩壁，不知道哪些小麻煩造成那麼多擦傷、瘀青和割傷。

想在黑暗中找到下層小厝太瘋狂了。不出幾分鐘，他就迷路了。不出一小時，他的手臂肌肉已經氣力用盡，雙手像青蛙狂跳。他平躺在突出的平台上，感到雙手抽搐痙攣，拂過乾掉的鳥糞，完全不覺得是自己的手。什麼都失控了，不管是他的手，還是其他的一切。不知為何，他成了女巫奎爾，遭到惡魔附身。他其實可以感到體內的惡魔，宛如肚子裡的灼燒：怒意，怨懟，想把柯爾．凱恩困在他的教堂鐘裡，用泥炭鏟子敲了又敲，直到凱恩嘴裡的牙齒掉光，披肩上的方格紋路脫落，從他悲慘下垂的下巴抹去自以為是的表情……

奎爾這下希望他沒拋下毛帽，他找不到平滑的地方靠臉。他開始思索他還拋下什麼，最後湧現的最糟擔憂便是他拋下了莫迪娜。

先前在小厝，應他的請求，她會前來他的就寢空間，但若今晚她要是來了，奎爾不會在。而且她不是女巫，不是女巫，不是女巫，哪種女巫都不是！有人能夠用打結的手巾做出兔子，逗小嬰兒笑。奎爾可以用記憶、幻想和捲起來的柔軟外套做出莫迪娜。可是現在他遭到放逐，孤獨一人，不受歡迎。也許莫迪娜受到柯爾．凱恩道貌岸然的謊話唆使，也躲著他。至少上帝聽不見戰士岩的聲音，上帝不會被那個人無聊的惡意矇騙。

偷羊的菲爾納．莫受罰滯留島上，船載他到戰士岩，要他獨自生活直到死去。現在奎爾知道他的感受了，現在奎爾知道小偷為何跳海，游泳追著小船，懇求寬恕。

月亮逐漸西沉，月光朝海平面越縮越小，很快奎爾便會徹底陷入黑暗。他也想對月亮大喊：等一下！別走！我會改變！我會洗心革面！我什麼都沒做！等他回過神，他已沉沒在黑暗中。

第一道晨光才升起，他便醒了。他的身體像浮木板一樣僵硬，肋骨冷得僵直，幾乎無法呼吸。黑暗中，他繞著戰士岩走了快兩公里。他花好幾個小時攀岩，才找到下層小厝。黑背鷗不只一次衝著他來，鳥喙像切肉的鋒利刀子。風向變了，雨積在地平線上，像一疊發霉的黑麥麵包。

他朝聚集而來的暴風雨雲大喊：「我什麼都沒做！我什麼都沒做！」沒有回應，只有第一滴雨水像唾液落在他身上。

連大海都對巫師奎爾充滿惡意：海潮嘶吼，氣溫驟降。雨澆熄了奎爾肚子內灼燒的怒火餘焰，但他不覺得感激：怒火是唯一支撐他前進的動力。

等他來到下層小厝，肌膚早已凍得抽動。一排紅水母屍體腐爛躺在門口：專屬他的恐懼來歡迎他了。朝各個方向一路看向世界盡頭，都只見牠們的顏色。

時間一小時一小時過去，他看著傾盆大雨重擊海面。中午天色陰暗，半夜更是漆黑一片。

隔天早上，他花時間在洞口疊起石頭，擋住海風。沒有火，他深知自己活不了多久。暴風鸌紛紛飛向大海，北鰹鳥早就走光了。基爾達群島的糧食庫存量越來越少，戰士的口袋很快就要沒了碎屑，無法餵飽赫塔島的孩子。不過現在他還能找到一個半滿的儲藏塔，從中拿回六隻鳥兒。他以為驚嚇和憤怒一定縮小了他的胃，但飢餓躲藏在辛勤勞動背後，又悄悄襲來。他吃掉第一隻陰乾的海鸚，把鳥兒當成凱恩的右手臂，用牙齒撕下上頭的肉。他吃起第二隻，好好享受每一口。

普通鸌在石塊間不合時宜的嘰嘰喳喳叫起來，形成怪異的樂聲。莫迪娜第一次聽到時說：「聽起來像仙女在地底下紡織金子。」他大聲重複這句話：「仙女在地底下紡織金子！」並發現他又能呼吸了。洞穴實在太冷，他的吐息離開嘴巴，變成白色霧氣。

他口渴了，便吸起溼淋淋的衣服，喝裡頭的雨水。他心想，沒有瓶罐接雨水，他怎麼儲存足夠的水喝。他會需要留幾件衣服在外頭，吸飽雨水，再拿來喝嗎？不行，他不能浪費任何一件衣服。下回他的身子再暖起來，（他告訴自己）會是因為肺炎，或者閃電直擊他的肩胛骨之間。

外頭的岩石平台上有凹洞和坑窪，但他不敢直接喝，害怕裡頭積的是海水，不是雨水。海水只會害他更渴，還會醃漬他的腦袋，把他變成瘋子。光這麼想，他便感到歇斯底里的情緒像鹽水滴到頭蓋骨，害他視線模糊，頭腦發昏。他怕他已經瘋了。

有樣東西經過洞口，發出啪嗒啪嗒的聲響，龐大身軀擋住不少日光。奎爾趕忙往後爬，躲進洞穴深處，掌根壓到砂礫和海蛞蝓。那是什麼？人魚在光滑的石塊上拍打長鱗的尾巴？藍綠色海水形成的藍綠人把汗水般的鹹海水潑上登陸點，再凝聚起來？他的頭撞到洞穴後方低矮的石洞頂。

他實在太害怕，以至於花了一會兒時間，視線才聚焦在蹣跚經過的大海雀身上。牠停下來，探頭往內看，又搖晃著走開。看到孩童大小的企鵝，弓著龐大漆黑的身軀，令牠感到吃驚，但不害怕。牠把奎爾從渾渾噩噩中驚醒。看到牠，他覺得不那麼孤獨，不那麼擔心了。

少了大人和其他男孩，以及剛到戰士岩時成堆的袋子、網子、繩索和裝蛋籃，下層小厝顯得好大。他可以選擇自己的就寢空間，可惜到處都很潮溼，不吸引人，光線也比夏天黯淡許多。此外，空氣中有股說不出來的噁心臭味。他要不便忍下去，不然就要找出氣味的源頭，斬草除根。

臭味似乎來自洞穴最黑最矮的角落，有一道縫隙低到爬不進去。他趴在地上，在黑暗中摸索，直到他的手碰到……肌肉。

肌肉在他手中分解，從指間流掉，掌中只剩骨頭。他把骨頭拉出來，發現上頭還有牙齒。奎爾的胃飛快劇烈翻騰，他四肢大張趴在洞口，喘不過氣。他在水坑裡拍打發臭的手，直到洗掉味道。不管是鹹水還是清水，現在他都不能喝了。

骨頭上還有毛髮，粗糙的短髮。

他可以回去中層。他會說有人死在洞穴裡，可能是人魚，或淹死的水手，搞不好還是菲爾納．莫。其他人會非常……怎麼樣？感興趣？同情他？於是讓他留下來。或者他可以躲去別的洞穴。可是他才一邊顫抖嗚咽，一邊用雙手雙膝跪起身，就看到三個人從水裡望著他。

所以他果然瘋了。絕望和酷寒奪走他的理智，他從中層小厝跌進了恐慌和錯覺的噩夢。

「噭，」其中一人說：「噭，噭。」

海豹。

奎爾發出的聲音（雖然頗像海豹）嚇跑了動物，縮回海裡消失了。牠們的父母或祖父母撐著爬進下層小厝等死，或者大浪把屍體沖上岸，剛好卡在洞穴裡的那條通道。奎爾想到自己竟以為屍體是別的東西，不禁大笑出聲。如釋重負的感覺支撐他從小厝後方挖出腐爛的屍體，送回海裡。他盡量留下骨頭，以備不時之需。「東西保存七年，」他母親說過：「你終究會用到。」多麼符合基爾達群島人民的哲理。

奎爾最寶貝海豹的頭骨。他只要把頭骨倒著放在洞穴外的高處平台上，就能接到雨水，安心飲用。

那天晚上，當他躺下來睡覺，他發現他不知道今天星期幾，也沒辦法確認。

他大聲說：「好吧，那就當作是週四吧。」

唉呀，今天就是週四了！誰能反駁他呢？對獨自住在世上的男孩來說，他君臨眼前所見的一切。想到這兒，他就笑了。

隔天莫多來了。

「他們派我來看你在不在這兒。」

「誰派你來？」

「菲利斯先生和東諾．唐。昨天他們要大夥兒去找你，但雨下得太大，我們只好放棄，免得在黑暗中跌倒。我知道你會在這兒。我拿了你的帽子。」他把奎爾的毛帽塞給他，外加他自己的刀和兩個袋子：一個當枕頭，一個當被子。

奎爾盯著袋子說：「所以我不能回去？」

「最好不要。柯爾．凱恩把你描繪成罕見的惡魔，還要小鬼頭蒐集石頭準備砸你。」

兩名好友躺在登陸點，捲起袖子，探進冰冷的水中，從水底下的石頭抓起小小的青蟹。

隔天莫多帶來繩索裡的一段馬毛。他們拿毛綁住奎爾口袋裡彎曲的釘子，輪流拿帽貝當餌釣魚。柯爾．凱恩或許禁止工作，但慘遭放逐而住在海岩洞的惡魔每週七天都想捕魚捕鳥也行。一輩子受到譴責也有好處：平靜的生活，鳥兒，還有魚肉（抓得到的話）。

每年到了播種季節，等到種下大麥後，赫塔島的男孩女孩會負責守護田地，不讓海鷗偷走土裡的種子。他們丟的石頭鮮少砸中鳥兒，但即便如此，海鷗到底做了什麼，招致如此惡劣的對待？奎爾生平第一次從鳥兒的角度思考。或許在鳥群之間生活，他有一部分變成鳥了，適合拿石頭伺候。

第九章

守護者

下一個來的是戴維，他還帶來一隻海鸚當求和禮物。他把鳥兒放在洞口內，正經八百詢問奎爾是否還恨他。

「老兄，我何必恨你？因為你說我跟大海雀說話？確實沒錯呀，但不表示我就是女巫。那都是柯爾．凱恩亂說。」

「你不是惡魔。」

「我不是。」

戴維馬上坐下，靠著奎爾的膝蓋，像奎爾老家那隻叫蕁麻的狗。

奎爾心想，現在蕁麻在哪兒？狗兒也被帶上天堂了嗎？還是主人承蒙恩典召喚後，世上充滿了貓、狗、牛、羊，全被拋下而孤苦無依？蕁麻是否站在赫塔島的懸崖上，朝大海狂吠？雖然沒有牧羊人下令，牠可能已經開始聚集羊群，準備剪毛了。

「我家有隻優秀的牧羊犬。」他告訴戴維：「牠懂得咬住羊的喉嚨，把牠們背朝下摔在地上。」

可是沒有牧羊人來剪毛，蕁麻會不會咬得太深，變成殺羊兇手？

「其實牠很不會趕羊，每年都會把一頭我們的羊追到從高處摔下去。我們有小羊肉吃沒錯，但羊的數量越來越不夠了。」

「我記得！」戴維說：「我都忘記蕁麻會嚇羊群了。多跟我講一些老家的故事。」

於是奎爾說起有艘西班牙大帆船想到赫塔島背風面避難，沒想到卡在石拱柱下，導致拱柱崩落，五十噸的石頭壓著船一起沉入海峽。「所以我們才贏了對西班牙的戰爭。上帝太愛我們蘇格蘭人，把西班牙戰艦吹散到海上四處，還拿石頭砸他們的船。」

戴維說：「我居然不記得！」他很訝異腦袋竟忘記如此峰迴路轉的事件。

「那是好一陣子以前的事了。」莫多一面說，一面拿著暴風鸌油鑽進洞穴，給奎爾抹他的瘀青。「一百年前，還是三百年前？戴維，不管怎樣，那時候你都還沒出生。」

接著來的是奈爾。

戴維回到中層小厝後，含糊不清的重述了西班牙艦隊的故事，奈爾便猜到他從哪兒聽來的。於是奈爾來到下層小厝，希望也能聽個故事。他也帶了一隻海鸚當入場費。

奎爾跟他說聖基爾達的故事。海盜把聖基爾達丟下海，差點淹死他，但他把長披肩鋪在水上，披肩變得跟木筏一樣堅固。他用衣服當作船帆，航行到赫塔島，發現了這座小島。「他建了一座大聖殿，可惜如今不在了，因為聖基爾達過世時，聖殿載著他升上天堂，變成一朵雲。」

奈爾開始仔細看，發現天上有許多尖塔和宮殿形狀的雲朵。

「我聽說聖基爾達是書中寫錯的一個字。」奈爾離開後，莫多說：「根本沒有這個人。」

奎爾說：「現在有了。」

那天晚上，他抓到第一條魚，接著又抓到一條！到頭來靠的都是技巧，需要一點內心的平靜。他非常開心捕到魚（即使他痛恨魚的味道）。大海雀游上岸，宛如蒙著眼罩的眼睛讓牠看起來像土匪大鵰，奎爾見到牠更開心了。他丟給牠一條魚，眼看魚兒斷斷續續滑下牠的食道，他感覺自己彷彿跟大海交了朋友。

隔天早上換約翰來了，還帶著那群小鬼頭。她帶來的入場費是儲藏塔裡的一小袋羽毛，這下奎爾不用睡在潮溼的地上，粗糙的地板也不會在他身上留下瘀青。戴維說這是奎爾的「講故事寶座」。他把袋子拍鬆放在洞穴中央，動作如對待王座一般充滿崇敬。

約翰不再流血了，卻仍時常哭，現在她想到母親便難過。那天早上醒來，她一如往常想到家鄉，但母親的臉龐拒絕浮現腦海。

當她這麼說，奎爾看到男孩閉上眼睛，查看眼瞼內側，尋找朋友和家人的面容：他知道他們在做什麼，因為他自己也一樣。記住畫面就像水：你越努力想挽留，記憶就越容易逃走。他不知道該對約翰說什麼：失去一張臉的回憶難以承受。

但奈爾開始描述約翰的母親，輕易講出巨細靡遺的細節，接著他談起約翰的祖父，他們家的母牛小花，門前那叢野生鳶尾花，以及鞋尖對著火爐擺放的晶亮靴子，只有週日才穿。約翰的母親馬上回到她腦中，連莫多和奎爾也暫時回到她的小屋壁爐旁，垂涎那些靴子。

奎爾想起凱恩誇大自稱「火種盒守護者」，便開玩笑說：「我封你為『臉的守護者』。」然而奈爾嚇了一跳，盯著奎爾，彷彿他剛封奈爾擔任僕從，在城堡般華麗的大宅服務，走廊牆上掛滿落地的肖像畫。「臉的守護者？」他自己消瘦的臉龐笑得燦爛，令人難忘。「臉的守護者！」

來訪的客人離開，迅速爬上岩柱，沿路練習他們外出的藉口。大家走了之後，奎爾測試自己的記憶，喚出赫塔島的所有居民，以及上方中層小厝的每一個人。據說「牧師」現在稱呼男孩是他的「羊群」。可是羊長得都一樣，無法辨識差異。而且羊群很蠢，寧可跳下懸崖墜海，也不願意讓牧羊犬蕁麻趕牠們回家。這些男孩都不蠢，莫迪娜說過……

奎爾停下來。他再也無法分辨他是記得莫迪娜在赫塔島說過這些話，還是他想像這些話從海邊大海雀的鳥喙流瀉出來，或者他幻想的莫迪娜晚上躺在他懷中說的。他們會聊聊這一天，或選擇未來孩子的名字……

莫迪娜說過：

「親愛的，我們必須是某個重要的人，否則我們是誰？每個人都有某項特長。

每個男孩都是某種國王。」

於是他封卡倫擔任「音樂守護者」。卡倫前一年變聲了，但不像他的破爛衣服，他的聲線融合成美妙的宏亮嗓音。光看他，沒有人會猜到他有這副嗓子，連他自己都不敢相信：卡倫總是害羞不敢用新的聲音。但他坐在如今名為「守護者寶座」的羽毛袋子上，頂著音樂守護者的名號，聽大夥分享依稀記得的聖歌和輓歌。他吞下這些片段，然後用渾厚的嗓音完整重現每一首歌。很快的，男孩要不流下眼淚，就是跳起舞來。

他宣告約翰是「針的守護者」。每個男孩都在用暴風鸌的羽毛做針，他們拔掉羽翼，用僅存一把銳利的刀子試圖在羽毛桿上鑽洞。奎爾說可用的針未來很珍貴，需要悉心照料，存放在安全的地方。

男孩的衣服逐漸破碎，隨著寒冬來襲，他們需要更多防護，不是更少。先前八月時，他們有二十個儲藏塔塞滿一袋袋的鳥羽絨。現在如果他們能想辦法在外套和褲子裡鋪上羽毛，或許便能勉強避免凍死。

約翰說：「我媽能縫出漂亮的縫線。」她笨手笨腳努力想把馬毛穿過針眼。

聽到她提起母親，北鰹鳥王的朝臣一同啜泣一聲。奈爾問道：「奎爾，現在媽媽們在做什麼？」

正在縫衣服的男孩躁動起來。卡倫放下尖銳的刀，以免割傷自己。奎爾得想辦法提振他們的精神。他腦中閃過莫迪娜．蓋洛維走下船的身影，一包舊衣早她一步滾上岸。

「你們記得哈里斯島運來的包裹嗎？」他說：「老伊恩的衣服？結果上衣的毛線都爛到不能用了，媽媽們只好把毛線打成毛氈，給灰色小馬當馬鞍布。即使現在，她們也圍著取內臟的桌子，砰，砰，砰，砰，邊敲邊唱歌。你們看！凱恩太太的棍子突然敲到硬邦邦的東西。坎貝爾太太認為是一坨砂礫，拿針去戳，結果不是！那是一塊金屬，在破洞中發亮，閃爍黃色光芒。原來是金塊！她們越敲打毛線，就越聽到叮叮噹噹響。老伊恩把財產都縫在衣服裡，懂嗎？她們找到四塊……五塊，不對！七塊堅尼金幣！菲利斯太太說要用她的堅尼金幣買週日戴的帽子，但吉利斯太太說，『哎，等一下，阿格妮絲！我們應該把金幣留下來，給我們的孩子，等他們從戰士岩回來。』」

大家又一同啜泣一聲，但這次是出於歡欣的喜悅。他們冰冷的手彷彿握住想像中的金幣。

只有拉赫倫除外。「我才拿不到。」他咆哮道：「我媽還來不及開口，我爸就會搶走金幣了。」

其他人沒聽見，他們忙著跟吉爾摩先生出海，把錢花在哈里斯島或遙遠的國度。短短一瞬間，世界末日突然消失無蹤，赫塔島再次住滿母親和父親，恢復日常生活。短短一瞬間，母親取代男孩腦中天使的位子，對家鄉的希望取代對天堂救援的期待。

當卡倫告訴奎爾，東諾．唐的木筏快完成了，感覺更是佐證了他的論點：辛勤工作和常識會帶他們回家，才不是靠整整一週等待的週日，也不是靠燃燒的馬車。

奎爾只希望肯尼斯別來管他。大家心中都有一個充滿怨懟的陰暗小角落，保留給肯尼斯。沒有人用暱稱叫肯尼斯：男孩需要說出他名字的每個拔尖音節，才能表達他們的怨恨。沒人想見到他，但肯尼斯總能嗅出他們在哪兒。他們大老遠就聽到他靠近，沿路抱怨岩石平台長滿溼滑的鳥蛤和貽貝。他邊說邊走進下層小厝，咒罵「牧師」，叫他「無聊的瘋子」。看來他不得柯爾・凱恩的歡心了。然而他還是厲害的抓耙仔，會把資訊當作撬棍，在世上砍出一條路。沒人歡迎他。

他環視群聚的男孩，拿走莫多手中的釣魚線，親自試著釣魚，但不到一分鐘就放棄了。他抓住說故事袋子飄出來的一絲羽絨，吹向空中，嘗試一直吹讓羽毛繼續飄動。他把約翰從羽毛袋上推下去，拿起袋子平放在頭上，站在原地好一會兒，看起來像巨大的蘑菇。接著他沒頭沒腦的喃喃說：「我是什麼守護者？」

奎爾假裝沒聽見，因為說穿了，他不知道肯尼斯能守護什麼。但隨後的沉默中，他們可以聞到惡霸身上散發的憤恨，宛如海狗的惡臭。肯尼斯聳起肩膀碰到耳朵，轉身離開，想必要把滿肚的毒液灌進「牧師」耳中，說出跟女巫奎爾勾結的所有罪人名字。

肯尼斯鑽出洞口時，奎爾叫道：「你能告訴我今天星期幾嗎？」

他聳聳肩。「當然又是星期天。」

「那你說會是星期幾呢？」

肯斯尼認真思考一會兒，又聳聳肩。「星期三？」

奎爾向他道謝。「可以請你繼續記錄嗎？有人追蹤日期和星期非常重要。」

肯尼斯轉向奎爾，臉上掛著可怕的笑容，下排牙齒都露出來了。他的牙齒因為啃咬乾硬的鳥肉而白得發亮。他問道：「所以我是『星期守護者』嗎？」

「你願意的話。這份工作很辛苦，但需要腦袋清楚的人。」

肯尼斯點點頭。他不是要致謝，而是朝那疊骨頭的方向點頭。他問道：「那是什麼？」

奎爾盡量淡然的聳聳肩。「啊，我在洞穴深處找到一具人的骸骨，我想應該是菲爾納．莫吧？他淹死後又給沖上岸。」看到肯尼斯的表情，奎爾覺得花好幾個小時邊吐邊清理海豹屍體都值得了。

然而，每個晚上，奎爾蜷縮在守護者的羽毛寶座上，蓋著袋子，仍會受到夢境襲擊。噩夢跟黑背鷗一樣凶猛，把鳥喙深深戳進他的頭。他告訴自己，其他男孩八成跟他一樣。可是這些暴力嚇人的噩夢代表什麼？他不敢猜想，只有女巫會試圖解析夢境。但他知道把這些意象排除出來總比悶著好，就像木頭碎片，或靴子裡的石頭。有時醒的時候，他會猛抓頭髮，彷彿就能拔掉頭頂，清掉這些畫面。最好的時候他能一覺好眠，最糟的時候夢中充滿惡魔和尖叉，充滿墜落、鬼魂、裝滿血紅水母的墳墓。他能找誰當「夢的守護者」？為了擺脫惡劣的夜間幻象，他能向誰傾訴？

有天他跟大海雀說了。牠連他刻意準備的寶貴魚兒都沒碰，就跳進海裡游走了。

他告訴男孩大海雀會呼喚他，但他們難以置信。其他人在的時候，大海雀似乎從來不會笨拙的經過小厝。男孩八成以為這又是他說的故事，但每回牠來拜訪都帶給他莫大的喜悅。

某天牠確實接過第二條魚。隔天，牠甚至從他手中叼走魚。再隔天，牠蹣跚走來，晃晃頭，用球棍般的鳥嘴捶他的拳頭，彷彿要求再給牠好吃的。不出一週，他醒來便發現牠站在胸口，用白圈環繞的眼睛盯著他的臉，鳥喙大張。他嚇呆了，而且嚴重呼吸困難。不過爪痕從他胸口褪去良久之後，他仍覺得自己受到最尊榮的對待。

他把奈爾晉升為「記憶守護者」，讓他坐在羽毛袋寶座上，詢問大家有什麼記憶要讓他儲存在腦中。一個人追憶往事會激起另一人的回憶：關於赫塔島、過世的阿姨、釣魚的旅程、聖誕節、跳舞、熱浪和暴風雪。不出多久，洞穴裡便此起彼落響起各種呼喊：「喔，我都忘了！」「天哪，那場比賽真了不得！」「我爸說他記得……」「他才沒有！」「我從來沒聽過！」

奎爾不知道奈爾要怎麼保存所有的記憶。或許只要他們像棲息的鳥兒蹲坐在小厝，頌讚過往美好的日子，其他就無所謂了。

奎爾以為莫多年紀夠大，不會想參與這場愚蠢的鬧劇，指派前來的男孩擔任「某某守護者」、「某某守護者」。其他人很開心，但莫多總該看得出來背後的目的：讓大家感到備受需要。但當他的朋友整整三天悶悶不樂，向他討回刀子，還質問奎爾自以為是誰：「像英格蘭王一樣冊封別人」，奎爾只得問他怎麼了。莫多弓起肩膀，宣稱他只接受自己一個人擔任「繩索守護者」。

奎爾說當然沒問題，並跟他說：「你很清楚你是什麼人，不需要我告訴你。」

有天奎爾問他們：「你們告解的狀況如何？」

拉赫倫朝地上吐口水。「凱恩叫我們懺悔，要我們出去坐在雨中。我們就跑來這裡。」

「總比著涼發燒好。」奎爾的口氣平淡，但他的胸口緊緊揪起，充滿對「牧師」的極度怨恨。他怎麼膽敢叫男孩承擔得肺病或扁桃腺腫大的風險？假如凱恩多管閒事的鬧劇害哪個孩子過世，他很好奇凱恩會叫自己怎麼懺悔。

「我們總是跟他說同樣的事，」約翰說：「大家都說好了。凱恩聽到煩，就趕我們走了。」

「約翰想到的。」莫多微微一笑，拍拍她的背。他的手逗留了一會兒，側眼朝她偷偷露出崇拜的眼神。

卡倫說：「有時候凱恩會打我們。」

拉赫倫說：「然後我們就不去告解。」

「你們不去告解，」奎爾問道：「他會對你們做什麼？」

「他就叫我們坐在外頭吹風。」

「然後我們就跑來這裡。」

大家都笑了。奎爾胸口的痛稍微退去。也許柯爾．凱恩的暴政逐漸失勢，他們很快就能回去捕鳥了。

肯尼斯第二次下來下層小厝時，只坐在洞穴後方，盯著地板。跟上次一樣，他沒有試圖煽動大家拿石頭砸奎爾，或丟他下海。他只是坐了一會兒，就走了。後來奎爾才在他坐的地方找到一束彎曲的馬毛，綁著一根彎掉的釘子——他送來第二條釣魚線。奎爾打算好好利用。放逐人生讓他成了優秀的垂釣大師，但他沒能保留這份禮物多久。

下次戴維來的時候，他勇敢的說：「所以只剩我了。」只剩他太小太沒用，沒辦法當任何東西的守護者。於是奎爾帶他到外頭的海邊平台，大叫：「讓藍綠人替我們見證！」然後煞有其事把其中一根魚鉤交付給戴維。兩根魚鉤對他很有幫助，尤其大海雀現在天天來覓食，但為了讓戴維開心，犧牲一根魚鉤不算什麼。

「你看，戴維，這是大海的神奇鐵手指。那天我看到海豹女坐在石頭上梳頭髮，我從她那兒拿來的。這根鐵手指會召喚魚群，沒有魚能反抗。好好保管，好嗎？我們將來可能需要。」

戴維欣喜的笑了，成為「鐵手指守護者」。

奎爾沒有打算起而反抗柯爾．凱恩，但他似乎達到了同樣的結果。除了虔誠順服的尤恩，每個男孩終究都一一下來下層小厝拜訪他。

最後連聖潔的尤恩都來了。

他鑽進小厝的入口，淋溼的金髮轉黑，因為天冷而揪起臉龐。他帶來的消息太過丟臉，害他幾乎說不出口。

「奎爾，唐先生要你回去。凱恩牧師上去了。」

「上去？上去哪裡，天堂嗎？」

「上層小厝。他在那兒守夜，還有齋戒，日夜替我們所有人禱告。你該回來了。」

（根據凱恩所說），這群有罪的男孩成天到晚吵鬧又不聽話，激起他心中神聖的怒火，因此他要搬到戰士岩頂端，才能更接近上帝，遠離他們不崇敬主的糟糕行為。他帶走所有的裝蛋籃、大部分剩餘的袋子、最好的刀子，以及寶貴的火種盒。

「大人沒有試著阻止他嗎？」

「本來唐先生會，可是他的手臂剛好斷了。」

「什麼！」這個消息太慘烈了。奎爾轉向其他人，「為什麼沒人告訴我？」

可是尤恩仍走不出自怨自艾的情緒，沒能多去擔心。身為牧師的輔祭，他一直很特別，但凱恩一定看穿了他糟糕的祕密，不知怎麼發現尤恩無法走在水上……不然還能怎麼解釋？因為牧師沒有帶上尤恩，反而帶著約翰去了上層小厝。

莫多刺耳的大喊：「什麼？什麼？他做了什麼？」

奎爾把手放在好友身上制止他。「約翰他……他自願的嗎？約翰？他願意去？」尤恩只聳聳肩。（他的表情彷彿在問）為什麼有人會拒絕服侍上帝和凱恩牧師？莫多和奎爾面面相覷，腦中閃過同樣可怕的想法。

他們同時問對方：「你有沒有……？」異口同聲的問題，一模一樣伸出手指指控對方，應該很好笑才對，但他們笑不出來。兩人都以為對方洩漏了約翰的祕密。

「也許她自己告訴他。」奎爾悄聲說：「可能在告解的時候說的？」

可是莫多太生氣，無法壓低聲音。「閉上你的鳥嘴。她才不會！絕對不會！看看你做的好事！」

「你在說什麼？我做了什麼？」

其他男孩立刻緊張起來。他們不知道兩人在吵什麼，但來到海邊洞穴後，他們沉溺於故事、回憶和歌曲，得以短暫休息，不用擔憂。他們不希望吵鬧的爭執破壞大家的避風港。

第十章

歡迎回歸

奎爾返回中層小厝。年幼的男孩在他後頭爭論誰要把溼答答的羽毛袋扛上去，擔任「寶座守護者」。最終他們排成類似慶祝勝戰的遊行隊伍……如果能垂直沿著傾斜的石板「遊行」的話。只有莫多超越奎爾。

「我得把她救回來，」莫多一直說：「我非去不可！」

奎爾堅持：「約翰不會告訴凱恩她是女生，她絕對不會說。」

「別的混蛋可能說了。」

「這個嘛，不是我也不是你，又沒有別人知道。」奎爾堅決不要被莫多的恐慌影響。

「凱恩可能猜到了！」

「少來了，老兄。那個呆子？他連幾隻鴨子能生出一隻都猜不到。他沒帶尤恩的原因很簡單：尤恩害他自慚形穢，尤恩是……真的。」

「真的？」

「對啊，尤恩是真材實料。跟他在一起可能不好玩，但他是貨真價實的小聖人。凱恩只是騙子，想高高在上，像巴肯牧師。為了什麼？他想對我們頤指氣使，跟我們說：『現在星期二是星期日』，『晚上是白天』，『月亮是起司做的』。但他一點都不虔誠，你懂嗎？我猜尤恩害他感覺渺小……所以他沒帶尤恩上去。他帶了有用的人，能替他拿東西，搬東西。」

「可是這下他就會發現了！只有他們兩個人，她又那麼可愛。」

「不會啦，老兄。假如約翰是小馬，那個傻瓜也會以為她是羊。」

奎爾一部分在說服自己，試圖減緩鉗住心頭的不安。想到柯爾．凱恩明知她是女孩，還帶她到岩柱頂端的「老巢」……他猛然避開這個想法，力道大到頭都暈了。他告訴自己，如果約翰感覺危險，她會回到中層小厝。

他叫大家停下來休息，接著閉上雙眼，深呼吸，讓心跳緩下來。要說放逐期間他學到什麼，應該是放下無法承受的事，否則只會肚子痛而已。

莫多可不管。他義憤填膺極了，整個人坐不住，爬坡速度又太快，不斷錯過岩壁上的著手點。「我要帶她回來，非去不可。我要上去，帶她回來。」

「『他』。『他』，不是『她』。」奎爾悄聲說，四處打量誰聽得見。「你動作慢一點，好嗎？」

「老兄，你又沒差，她又不是你的女孩。」
「也不是你的啊。」奎爾嚇了一跳：「……是嗎？」
發現莫多屬意要娶約翰，他非常震驚。
奎爾問道：「她知道嗎？」
「還不知道，不過她在我腦袋裡了，你懂嗎？就像你跟蓋洛維小姐。我在她周圍搭起了牆，所以現在她是我的了，我打算帶她回來。」莫多突然洩了氣，復仇的怒意轉為簡單的悲傷。約翰給人帶走了，許多他悉心呵護的希望也一併消失了。

奎爾回到中層小厝時，沒有雨點般的石頭迎接他，沒有人摀住鼻子躲避他邪惡的臭味。雖然只有兩根鳥蠟燭亮著，中層小厝跟海邊相比還是舒適溫暖多了：他不禁站著，享受雙頰上微微的熱度。他問道：「沒有火種盒，怎麼還有火？」
「起初是靠運氣。」東諾．唐說：「後來就靠拉赫倫了。」
最初他們保住兩株火苗，一隻海燕快燒完便挪到下一隻的燭芯，同時多點燃一隻以防萬一。但總有一天，搗亂的風會刮進中層小厝，試圖洗劫生命的蹤跡，一併吹熄兩盞燈籠。

於是拉赫倫拿了穿好馬毛燭芯的兩隻海燕蠟燭，掛在腰帶上，爬去上層小厝。抵達後，他懇求「牧師」給他一點火，再用外套護著帶下來。

菲利斯先生對著牆說：「就像普羅米修斯從天堂偷火。」

雖然攀岩很難，仍有人想代替拉赫倫。

莫多太急著想救約翰，反而壞了他的機會。「先生，下次讓我去！」他哀求：「就算要殺了那隻穿石貝，我也會拿到火種盒！」

唐先生忍耐自己不穩的情緒好幾週了，現在他可不想容忍男孩的情緒。「小鬼，你不准去。管好自己，還有嘴巴放乾淨點。」

「上頭是什麼樣子？」尤恩問拉赫倫：「有聖壇嗎？他們整天都在禱告嗎？」

拉赫倫聳聳肩。「他出來見我，我不能進去他的休息區。」

於是尤恩逕自幻想出神聖的避難所，並哀求下回換他去。他非常積極，彷彿爬到上層小厝形同爬上通往天國的階梯。顯然他很想念「牧師」，如同與母親分開的羔羊。然而，唐嚴重懷疑尤恩去了上層小厝就不會回來，所以他無視尤恩的請求，堅持只有拉赫倫適合這份工作：「現在他是『火焰守護者』了。」菲利斯先生喃喃說完，瞥了奎爾一眼。他的眼神表示戰士岩上沒有祕密。

奎爾問起東諾．唐的手臂怎麼斷的，他的回答輕描淡寫。「啊，總會好的。」他沒多說：「至少木筏做好了。」可是自從上次奎爾見到他，唐的臉上多了不熟悉的皺紋，樂觀的情緒似乎都沿著這些紋路流走了。最後裝修木筏時，他往後踩到一團海草，失足滑倒，撞上戰士岩崎嶇的地表，折斷了前臂的一根骨頭，害他甚至無法獨自回到小厝，更別說駕駛木筏啟航了。

菲利斯先生不斷檢查唐的脈搏和指甲顏色，調整他鬆掉的吊帶……就算他刻意撞倒唐，害他摔斷骨頭，菲利斯也不會看起來如此愧疚。唐摔倒的時候他在場就好了！或許他就能抓住唐，或是掃開海藻！

但唐先生不懂得應付憐憫。他跟菲利斯都知道，如果傷口潰爛，他會因為壞疽而死。他頗確定就算骨頭癒合，他也無法再雕刻湯匙，修補船隻，或編織長袍了。像東諾．唐這樣的人，只能把這些事拋到腦外才能活下去，因此他並不感謝菲利斯大驚小怪。

他們曾團結起來反抗柯爾．凱恩，但奎爾不在的期間，兩人的友誼變淡了。

現在唐想像博雷島的綠色小丘燃起信號火炬時，他不會假想自己點燃火焰了。有人必須搭上他的木筏，代替他去。「奎利爾．麥金儂，你願意接下這個任務嗎？」唐說：「目前沒人自願，但總得有人去，而且要快。接下來好天氣越來越難得了。」

沒錯。住在海邊，奎爾比大多數人了解海洋千變萬化。現在大半的時候，海風會不斷突然轉向，海浪會同時往多個方向湧去，互相碰撞，化為高高沖起的水柱。即使距離很近，想要橫越大海仍然嚇人。雖然唐臉露哀求，奎爾並沒有立刻欣然答應。

尤恩臉上的表情跟字一樣明顯。他有機會的時候，早該去博雷島才對：他應該踩著安定平坦的海面走去才對。有半點信仰的蠢蛋都做得到，這樣牧師就不會拋下他了……

奎爾挪動房間中央破爛掉毛的守護者寶座。讓寶座發揮最後一次作用吧，讓故事再拯救大家一次吧，讓故事拯救尤恩，別在自怨自艾的路上打轉吧。畢竟凱恩不在，不會譴責他或拿石頭砸他了。

「很久以前……各位，聽我說，這是真人真事，爸爸跟我說的。有一次島主的侍從要去赫塔島收租金，他的船碰上一群鯡魚。沒有人看過這麼大的鯡魚：牠們滑過彼此身旁和身上，緊靠在一起，船在水中都動彈不得。北鰹鳥到處飛來飛去，俯衝叼起魚兒，在四周的水中大快朵頤，數量多到都遮住了陽光……你們想想看！最大的一隻北鰹鳥錯過魚群中的目標，反而衝到船上，鳥嘴直接鑿穿船板。整艘船突然給鳥占滿了，牠的翅膀從船的左側伸到右側，像船帆掉到船上。大鳥兩側都站了人，每個人都擔心船板上的洞要是漏水，船沉了，大家都小命不保。幸好北鰹鳥的頭緊緊卡在洞中，因此沒有漏水。牠就卡在船上，一路到了赫塔島……當然是等鯡魚群散開之後，懂嗎？船上的人一輩子都在講這個故事，說那麼多鯡魚，人都能走在上頭，像走棧橋一樣！」奎爾往後靠著手肘。「就我來看，耶穌和他的漁夫朋友也是碰到這個狀況吧。」

東諾．唐正在試喝煮鍋裡油膩的湯水，這時把湯都噴到了腳邊地上。男孩催促奎爾繼續說。

「耶穌創造了世上所有的鯡魚，對吧？所以祂只要吹口哨，鯡魚都會來吧？當時祂在岸上，祂的朋友在海上，祂吹口哨召喚一大群鯡魚，踩在牠們背上走過水面，去找祂的門徒，對吧？（他們看不到魚群，當然非常佩服。）然後耶穌叫聖彼得也試試……彼得真的試了，當然也成功了！但這時鯡魚覺得夠了，不配合了，彼得就開始下沉。由此可見為什麼世上再也沒有人能走在水上，因為他們需要鯡魚，或在腳上綁獸皮小船。就連聖人也沒辦法，一個都沒有。」

幾張年幼的小臉轉向尤恩，熱切露出欣喜的表情。他當然沒辦法踏著海浪走去博雷島！那天鯡魚不夠多！

奎爾可以感到尤恩的視線，但沒有轉頭去看（以防尤恩猜到故事是特別為他編的）。

奎爾在神聖的《聖經》故事中加入蘇格蘭鯡魚，柯爾．凱恩聽了一定會大叫：「褻瀆上帝！」然後拿石頭砸他。不過「牧師」放棄了權力，由說書人取而代之。

東諾．唐嘲諷的說：「奎爾，歡迎回來。」

「我認為奎爾應該當『故事守護者』。」流亡之人回到中層小厝後，肯尼斯第一次開口。奎爾不太懂自己為何這麼滿意。

那天晚上，他躺在幻想中莫迪娜．蓋洛維的懷裡，入睡前告訴她：「他這麼說的時候，我都能走在水上了。」

第十一章

掃羅王的格子長褲

隔天風又吹熄了蠟燭，於是拉赫倫爬上岩柱，去跟「牧師」借火。奎爾在下層小厝時抓到一串鰻魚，但覺得太噁心沒吃，就給他帶上去。一如往常，凱恩聽到他四肢並用爬上最後一段陡坡，便出來在洞穴前寬廣的平台迎接他。凱恩接過逐漸腐爛的鰻魚，一臉作嘔，把魚丟在地上。「你可以替我工作當作回報。幫我多撿幾顆石頭來擋風。」

拉赫倫在洞穴入口堆疊一塊一塊的石頭，弄得自己瘀青又腰痛。約翰有來幫忙，但一個字都沒說，沒偷瞄他，也沒露出心照不宣的表情。或許她不能跟下層小厝來的人說話。

拉赫倫爬下岩柱時，手臂因為搬運石頭而加倍發疼，還得用一隻手護著外套裡點燃的兩隻鳥兒。因此當雷聲嚇到他，一陣刺痛竄過他的後背肌肉，使他鬆開抓著鳥兒的手。他感到海燕蠟燭從手中滑落，馬上不自覺收緊了手。其中一隻鳥兒肚子裡的油從脖子噴出來，碰到微微搖曳的燭火。高熱湧向拉赫倫的下巴，接著隨著一滴滴燃起的油，流到他胸口。他的外套也著火了。他放聲尖叫，上方空中的海鳥也尖叫回應。

一會兒後，傾盆大雨從天而降，幾乎立刻澆熄他身上的火。但他從下巴到肚臍仍疼得要命，彷彿撕掉一大塊皮膚，他幾乎以為內臟會掉出來。同時他也很焦慮沒有點燃的蠟燭當作證明。

唐先生雖然手臂斷了不方便，還是笨拙尷尬的把暴風饞油灑在全新的燙傷傷口上：他處理各種病痛的方法都一樣，不管是牙痛、咳嗽還是便祕。他說：「老兄，我也想給你喝威士忌，但你媽會剝了我的皮，所以我手邊沒有酒是剛好。」

莫多逮到機會，打算自願代替拉赫倫上去，再借一次火，但他提議的速度不夠快。小尤恩搶先一步，莫名積極的想爬上危險至極的峭壁，爭取摔死的機會。

他頂著紅金色頭髮，張著藍眼睛，身穿都是補靪的鋪毛衣服，攀爬的身影非常像往上飛的天使。拉赫倫教他如何用外套的背風側護著點燃的鳥蠟燭下來，但有人應該問尤恩想去「牧師」的隱居處做什麼。

尤恩想要牧師原諒他的罪，請柯爾・凱恩再次收他為輔祭。（他打算告訴神聖的牧師）他準備好面對隱士生活的匱乏：禁食、禱告、受寒、禁聲……

等尤恩終於站在凱恩的隱居處門口，他準備好的台詞全都飛到九霄雲外。

點亮洞穴的海燕蠟燭數量極為鋪張，簡直無恥。十幾隻吃剩的咕嘎殘骸散落在地上，旁邊放著捕鳥隊最好的刀子。洞穴裡沒有聖壇，只有擋住東風的石堆。洞頂掛著一條修補過的骯髒長褲，裡頭塞滿羽毛。柯爾．凱恩牧師躺在一堆壓扁的稻草裝蛋籃和兩袋羽毛上，睡到打呼。約翰躺在同一張床上，與他背靠背，分享他的體溫。

在所有蠟燭過度的高溫下，尤恩的臉頰發紅。他對凱恩的景仰在胸口著火，燒成灰燼。原來「牧師」離開中層小厝不是為了更靠近主！他只是想要尋求安寧平靜，吃超過自己分內的食物，睡在羽毛上，把最好的工具留給自己，跟不是尤恩的輔祭分享體溫。尤恩明明努力想當最好的輔祭，而且最初也是他先看到幻象。

尤恩撿起刀子，站在自以為是的獨裁者身旁。他把世界末日說得像是他的發現，又假扮成無私的聖人。

好吧，尤恩比教堂司事了解《聖經》多了。他記得《聖經》故事中提過另一個洞穴，偉大的小聖人大衛在那兒找到死敵掃羅王。當時掃羅王正在睡覺，劍放在身旁。少年大衛大可當場殺了睡夢中的邪惡掃羅，但身為聖人，他選擇留下訊息告訴掃羅：我來過了，我大可殺了你，但我饒你一命。他拿起王的劍，砍掉掃羅斗篷的流蘇。

受到正義感爆發的憤慨情緒驅使，尤恩用柯爾・凱恩自己的刀，割斷「牧師」掛在燭光下骯髒變形的褲管。縫進褲子的溫暖羽毛掉到地上，像癱軟的天使。

菲利斯說：「你割斷了他的格子長褲？」

「他沒有在禁食，沒有守夜，過得一點都不匱乏！」尤恩嚎啕大哭，稍微描述他看到的狀況。「而且他睡在好大的羽毛床上！約翰還睡在他旁邊。」

莫多發出像獅子受傷的怒吼，把頭埋進雙手。

尤恩說：「所以我就學了《聖經》裡的聖人大衛！」

「可是你沒有拿火種盒？」東諾・唐不可置信的說：「你割斷他的格子長褲褲管，卻沒想到要拿他的火種盒？」

尤恩不懂：「先生，那叫偷竊！」

年幼的男孩（不熟悉《聖經》故事）覺得尤恩割斷柯爾．凱恩的褲子非常好笑，但大人僅為喪失大好機會感到震驚。尤恩悶悶不樂的緊緊閉上嘴巴。

要不是東諾．唐摔斷了手臂，他會親自爬去上層小厝，親手抓住打火石。他一面說，一面怒目瞪著菲利斯先生，因為他希望菲利斯代替他去。可以的話，他會像抖地毯一樣搖晃菲利斯，搖掉他心頭的基爾達憂鬱，帶回生命的色彩。可是菲利斯軟弱又生病，肌膚蠟黃慘白，腦中思緒難以產出文字。他就像燒盡的營火，餘焰逐漸熄滅。

突然莫多放聲大叫，說他欣然願意上去，為唐割斷凱恩的喉嚨。沒人理會他的提議。只有奎爾理解莫多為何如此狂熱，為何在隨後的沉默中，他們能聽到他憤怒磨牙。

「惦惦啦，老兄，稍安勿躁。」奎爾說：「明天我們一起上去。」

第十二章 橫渡

約翰與「牧師」爬到上層小厝時，一邊擔心要面臨無法想像的命運，一邊猜測誰把她的祕密偷偷告訴凱恩。然而凱恩對隱士生活的詮釋令她意外開心。她喜歡吃東西，而她最大的恐懼（好吧，她第二大的恐懼）就是凱恩會禁止他自己（和她）享受每日的餐點，只能在週日喝鳥肉湯，直到兩人殉道而死。然而身為他的輔祭，約翰的工作竟是去洞穴方圓二十鏈（四百公尺）以內的每個儲藏塔，搜括鳥兒和羽毛，外加煮飯。凱恩是個好吃懶做的人。

她最大的恐懼不久也消退了，因為凱恩繼續叫她「小鬼」和「小子」，繼續大談政治，還當她的面小便。根據她的經驗，赫塔島上沒有男人會在女人面前做這些事。她仍好奇為何他沒有選虔誠的小尤恩，反而挑了她，但她很快就懂了。凱恩雖愛長篇說教，其實卻討厭做事。約翰強壯、靈活又豐潤，表示她能拿取搬運東西、煮飯和縫紉，或許又不會像瘦弱的男孩那麼快生病。

來到第三天，沒有雲朵掛在戰士岩聳立的頂峰上。約翰瞥見遠方的斯凱島，眼前的景色罕見又激動人心，但她沒有向柯爾．凱恩提起，因為他命令她不得主動開口。這樣的生活很平靜，即使有些孤獨。

然而，現在「牧師」氣得火冒三丈。

柯爾．凱恩醒來，發現長褲從大腿以下被砍斷了，氣得怪罪約翰。畢竟還有可能是誰？他用巴掌和拳頭招呼他的輔祭，接著扯破麻煩鬼背上塞滿羽毛的衣服，以便執行約翰應得的懲罰。但是，透過氣到發紅的視線，以及滿天飛舞的羽毛，他發現了這天的第二件事。他和約翰背靠背睡覺三星期都沒察覺，終於給一陣暴力的怒火揭發了。

約翰不是男生。他眼前的孩子因為受寒和害怕而發抖，但絕對不是男生。

「不自然的怪物！你是什麼東西？」

約翰小跑步撿回衣服殘骸，一面苦悶的啜泣，看來極度內疚。她確實感到愧疚，畢竟出生以來，她就自責自己不是男孩。

「妳是妖婦嗎？妳要誘引我遠離正道嗎？」

約翰「哼」了一聲，既沒肯定也沒否認。假如她是妖婦，或許凱恩會放逐她，讓她回去下頭。但他也可能像懲罰女巫一般，把她丟下戰士岩摔死。

「先生，我只是約翰．吉利斯。我沒辦法……」

凱恩在赫塔島上有妻子，她瘦骨如柴，個子矮小，衣服全用魚鉤綁緊，不僅是披肩，連裙子、襯衫和上教堂的斗篷也是。夫妻倆鮮少擁抱，這段婚姻也沒有子嗣。凱恩現在絞盡腦汁，但除了魚鉤和揮之不去的鹼液肥皂味，他很難想起她別的特徵。況且她八成不在了，不管是上去天堂，或下去別的地方，他都不在乎……不過你看！上帝給了他替代品！他不再驚訝，發寒的恐懼變成炙熱許多的情緒。他看女孩抓起衣服殘骸，不住否認砍斷他的長褲。柯爾．凱恩腦中打響新的主意，比赫塔島的教堂鐘聲還要響亮。

他要迎娶約翰。他們會像亞當和夏娃住在這座石造的伊甸園，遠離不尊重他的大人，以及下頭吵鬧、討厭、根本沒有靈魂的男孩。

與此同時，莫多準備踏上他的冒險之旅：誓死嘗試從柯爾．凱恩掌中拯救約翰。莫多發覺愛情照亮了奎爾的人生，非常想追隨他的腳步。要不是他受困在大海彼岸時，所有女孩和女人都上了天堂，他早就做到了。這時他得知約翰的祕密，也得到美好的機會。他還是能愛上約翰！

他天性害羞又有耐心，因此還沒跟她提起，但聽聞凱恩和約翰同床的可憎消息，莫多害羞的個性徹底翻轉了。他瘋狂的想衝上戰場，整個人坐立難安，像雄鹿低吼尋求他遭竊的母鹿。他告訴奎爾，他會監控上層小厝，一旦出現機會，他就要從高塔拯救他的落難少女。他還慷慨補上一句：「即使她早被玷汙了。」

奎爾提醒他：「應該沒有被『玷汙』啦。」不過他仍表示會同行。他偷偷瞄了雲層一眼，很慶幸天空放晴，海風隨性吹拂，看來會是美好的一天。

然而爬往上層小厝路上，他們看見兩道身影沿著碎石坡往下走。約翰把挖了洞的毛毯套在脖子上，用稻草編的腰帶在腰部束起來。她的服裝可以算是洋裝，不過大家也都用想得到的各種好方法保暖。所以約翰到底有沒有守住她的少女祕密？

她身後拖著鼓起的袋子，在岩石表面輕輕彈跳，表示裡頭只可能裝滿羽毛。凱恩用馬毛串起一串咕嘎，掛在脖子上，看起來有些滑稽。他轉頭張望，接著踉蹌前進，咕嘎彈彈跳跳，短褲管在風中翻飛，約翰跟在後頭。為什麼她不脫隊？為什麼她不跑走？

「他要搶走木筏！」奎爾突然想通了，「老兄，回去小厝！把其他人帶來！」

莫多根本沒有慢下來，只說：「你去叫他們。」什麼都無法阻撓他的救援計畫。

於是奎爾轉頭，辛苦的斜向爬到中層小厝，咬牙告訴大家消息：「柯爾．凱恩要搶走木筏！約翰跟他在一起！」

捕鳥隊一同起身，跟著奎爾，義憤填膺的爬下山壁。只有東諾．唐的手臂還沒康復，無法同行。他站在洞穴入口，目送他們離開，髒話罵個不停。

莫多叫道：「約翰？」

即使她聽見了，也沒有表現出來。

現在天氣好極了：祥和乾冷，低矮的陽光把戰士岩潮溼的周圍照成銀色。暴風雨和地震使大塊石板滑下戰士岩側面，積在底部，木筏就綁在石板上。唐挑中這個海灣來打造木筏，因為這裡算是最靠近博雷島的地點。海島看似很近，伸手就能摸到：楔形的灰色石頭和翡翠綠色的草地，一群海鷗乘著上升氣流，拍打翅膀在上空飄蕩。

「約翰，妳在做什麼？」莫多叫道：「別跟他走！」

她連頭都沒轉一下。

凱恩替她回答。「上帝指示我們渡海過去。」

「渡海？去哪裡？啊，好吧，隨便你，但別拖約翰下水。你有打她嗎？你是不是打她？」

「你這孩子真愛講話。你可以跟其他人說，我是為了他們甘冒生命危險，為了他們的福祉，為了大家好。我們會住在博雷島的隱士小屋，像過往的聖人，祈求上帝的原諒與保障。」

莫多問道：「約翰，妳願意嗎？」

約翰終於迅速偷瞥了他一眼，眼眶的瘀青使她的眼神難以判讀。她也看向他身後，顯然看到其他人朝海灣往下爬。她似乎因而加快腳步。

她說：「沒錯。」莫多抓住她的手臂，但她掙脫開來，迅速跑回去幫凱恩把木筏拖到石板邊。木筏在石塊邊緣擺盪一下，接著大聲滑進海裡，甲板先淹滿水，才重新浮起來。一、兩塊木頭脫落漂走。

「妳會淹死！」莫多喊道：「讓我代替妳去！」

約翰「哼」了一聲。「你哪能當牧師的好妻子！」

莫多震驚得說不出話。凱恩瞥了他一眼，判斷他是否早就知道。「約翰向我坦承她的女性身分，並願意當我的配偶。」

「妳不會吧！」莫多看著她，希望她否認。約翰露出高傲美人的表情，彷彿贏得「基爾達皇后」的稱號，打算君臨所有輸家。

「凱恩和我要在博雷島的石柱前結婚。那邊有羊。」新娘一邊說，一邊用手背抹抹鼻子。

「羊？要羊做什麼？唱聖歌嗎？」莫多無法理解婚禮為何需要羊。

「羊。假如小孩出生了，會需要喝奶。」

「請問妳，誰要替你們主婚？」

「呆瓜，當然是牧師啊。」她跳上船，推著木筏離開岸邊。她一手抓住凱恩的外套，他跌跌撞撞好一會兒，才踏上船。他的臉嚇得發白。

「可是妳不會跟這個混蛋同床吧？不要跟他同床！不可以！」

她嘲笑道：「怎麼了？你吃醋嗎？」

「你們會向赫塔島打訊號吧？」菲力斯先生第一個從中層趕到了。

凱恩跟他的行李一起站在木筏中央，他緊抓船桅，牙齒用力咬著嘴唇。他這麼害怕卻仍決定出海，竟有點令人敬佩。

男孩們氣喘吁吁爬下來後，開始大叫：

「等等！等等！」

「帶上我們好嗎？」

「我可以替你採羊毛！」

想到那兒有羊群跟住所，還能清楚看見赫塔島，大家都跑到海邊。可是柯爾·凱恩拿起當作船槳的腐爛木板，笨拙的朝他們揮動。「退後！船太小了！只能載兩個人，就這樣！」他尖叫道：「我受夠該死的小男生了！走開！」

海浪湧上石板，逼得男孩們散開。靠近一看後，冒泡的海水足以改變他們的心意，不再吵著要橫渡大海了。

「心肝，坐下好嗎？」約翰用充滿情意的口氣哀求他。她接過船槳，從木筏尾端防堵乘客跳上船。

「你們要打訊號求救！」菲利斯再喊一次：「老兄，向我發誓！發誓你會向老家打訊號！」

凱恩呻吟道：「好，好，好。」他緊盯著木板上的每根釘子，每個節孔，每一波噴濺上來的海水。

「約翰．吉利斯，妳這個妓女和蕩婦！」莫多脹紅了臉大聲咆哮，朝晃動前進的木筏丟了一團毫無意義的海草。「妓女和蕩婦！」詛咒似乎卡在他的喉頭，害他開始咳嗽反胃。約翰站起身，讓木筏乘著海潮漂動。她看似生氣的朝莫多走了一步……接著她抓著船槳，直接踏出木筏邊緣，消失在水中。

一會兒後，她浮出水面，伸直雙臂把船槳推到身前，雙腳笨拙瘋狂的踢水。退去的海浪把她捲得更遠，下一道海浪又把她帶得更近。

這時凱恩漂得離岸邊越來越遠。他瞪大眼睛，抱著船桅，眼看木筏順著海潮輕輕打轉，應急的船帆打在他臉上。他花了好一會兒時間，才意識到怎麼了（她失足落海？意外？）。但岸上的男孩開始替約翰加油時，凱恩竟放開船桅，爬向木筏邊緣。船身在他下方危險翻動。他朝來的方向划起船，雙手伸進水裡用力划動，濺起水花，弄溼了全身。木筏毫無反應，只不過凱恩移動重量，使較輕的那端從水面翹了起來。一道大浪掃過抬起的角落下方，把木筏推向岸邊，壓過約翰。她消失在海洋殘骸拼湊的船身下，只剩船槳露出水面，像鯊魚的背鰭。凱恩整個人趴在船上，探進水裡胡亂想抓住她。海水噴進他嘴裡，詛咒從他嘴中飛濺而出。

岸上的男孩開始四處尋找大小石頭，挖起來丟向凱恩，就像在大麥田拿石頭砸海鷗。

奎爾警告道：「小心約翰！」他感到尖銳的卵石和打火石飛過。

牧師怕得不敢站起來，只能詛咒他們和他們的家人，然後爬回傾斜的船桅，抱得比抱妻子還緊。約翰再次浮出水面，推著船槳繼續踢動蛙腿游泳。凱恩伸出手指，指著她咆哮指控：「狡猾的女孩，妳最好被自己的頭髮絞死，沒有人會出錢幫妳辦葬禮！」

少了船槳，他無法回到岸邊，也無法控制方向。不過海流屬意讓博雷島收留他。他越漂越遠，身形越來越小，襯著崎嶇的綠色背景，不斷轉動、轉動、轉動……

他們用各種毛帽擦暖她發冷的身體。脫掉泡溼的披肩，無庸置疑證明約翰真的是女生後，許多人都自願來幫忙。然而她不乖乖聽話，不斷扭動嚎叫，如釋重負後又變得歇斯底里。她想起心中的恐懼、淹死的可能，還有凱恩或許會把她拉出水面，拖回木筏上。

「我的主意！我搞定他了！我搞定了那個混蛋！」她恢復說話能力後，挑釁般細聲叫道：「我說非要跨海到博雷島，我才要嫁給他。他知道真相後，只能這樣擺脫他！」

於是妖婦海妖約翰答應成為牧師順從的妻子，藉此引誘他橫渡大海，不然他自己八成永遠不敢嘗試。然後她在最後一刻跳船，拋下他面對所能想像的極致孤獨。相較嫁給柯爾．凱恩為妻的恐懼，她絲毫不怕大海冰冷的懷抱。等她說明完畢，她贏得每個男孩的景仰。她的成就與北鰹鳥王相比綽綽有餘，絕對在男孩之間帶給她不敢奢望的地位。不過她沒發現，大家的景仰跟她的英勇行為和聰明詭計沒多少關係，反而是因為他們瞥見禁忌的部位，拿帽子擦乾她時碰到冰冷的胸部。約翰低頭看著她裸露的身體，意識到她再也不用隱藏她愧疚的祕密了。

菲利斯先生只朝約翰丟了一個問題：「妳有沒有至少拿到他的火種盒？」這孩子是男是女並不重要。沒有火，到了深冬他們都會凍死。

「他總是帶在身上，」她坦承：「我拿不到。」全員一起發出呻吟。

回到中層小厝後，東諾．唐顯得失落不已。一直以來，在他的想像中，他的木筏即使沒載著他，也會載著菲利斯和兩個男孩去博雷島。他想像他們在羊群的關注下靠岸，他們會拔羊毛取暖，在牧羊人小屋過夜，冬天暴風雨來襲時躲進地下庇護所……他們能看到赫塔島的房子升起煙……同時發出信號，傳遞他們的好消息：戰士岩上的捕鳥隊依然活著，耐心等候救援。

火焰守護者拉赫倫站起身，小心照料微微發亮的兩個海燕蠟燭，它們站在平台上，像教堂牆上的聖像。他沒有加入前往木筏灣的抗議群眾，反而忽視自己的燒傷和疲憊，爬到上層小厝，救回仍在燃燒的剩餘兩盞海燕燈籠，小心翼翼帶下來，點亮他當作家的地方。

隨後的日子裡，他甚至開始對蠟燭鳥兒說話，就像有人會對彩繪玻璃上的聖人說話。他感謝它們，向它們道晚安。日子一天天過去，每當鳥兒燒到只剩雙腳，拉赫倫便把火傳到下一隻，再下一隻，再下一隻……

要是火苗熄滅了，該怎麼點亮其他蠟燭？要是最後一個儲藏塔也沒有鳥兒了怎麼辦……？拉赫倫從來不問自己這些問題，因為到時候哪還需要火焰守護者？

柯爾．凱恩活著橫越了大海。他們聞到烤羊肉香，看到草皮燃燒的煙柱升起便知道了。雖然凱恩遭到放逐，注定孤獨一人，他想獨占世上最後一名女子的希望也破滅了，但他可以在爐火前吃烤羊肉，衣服鋪了羊毛，眼前能看到家鄉。

「至少那也算信號。」每天東諾．唐都抱著發疼的手臂，前後搖晃，重複好幾次：「赫塔島的人看到了，就會知道我們還活著。」

菲利斯喃喃說：「如果還有人在看的話。」男孩咬著牙噓他，因為怨懟而痛苦的扭動身子。至少凱恩給了他們天堂、天使和審判日。至少唐給了他們家人和希望。菲利斯給的唯一解釋只有悲劇，只有徹底遭到遺忘，只有背離他們走開的神。

第十三章

文字和沉默

國會在中層小厝召開，討論現況。

在赫塔島上，長者國會每週除了週日早上都會集會。島上男子會坐在主街的長椅上，背抵著小屋牆壁，頭戴蘇格蘭帽。赫塔島民辛勤工作，服侍遠在哈里斯島的島主，盡責拿蛋、鳥兒、羽毛和油當作租金，付給島主的侍從。不過島上的日常生活由國會決定管理：國會負責指定每天的工作。國會成員得承受鳥兒干擾和女人從門口觀看的視線，還會被幼兒、小狗和偶爾走錯路的羊打斷。他們研究天氣，依照天空的顏色、風的方向、即將來世的羔羊、儲藏塔裝滿的程度，做出老到的判斷。判斷標準中，觀察到的預兆最重要，無論好壞。

比起赫塔島，在戰士岩上，預兆似乎更為重要。

柯爾．凱恩不再掌控他們醒著的每一刻，重啟國會看來是正確的選擇。年長男孩有權發言，沒有羊群、嬰兒、狗或小馬打斷會議進行。他們試圖禁止約翰參加，因為她是女生，但她完全不理會。

國會做的第一個決定是派莫多和奎爾去上層小厝，拿回凱恩遺留下來還能用的東西，例如裝蛋籃，還有海燕燈。他們還要注意預兆，每個人都要注意預兆。

凱恩把羽毛袋子帶去博雷島了，不過在地板中央，混在煮熟的咕嘎骨頭之間，仍放著他用十幾個編織裝蛋籃做成的床墊，凱恩的體重把做工精巧的籃子壓成一疊廢物。那一瞬間，如此浪費的景象讓奎爾動彈不得。

不過地上還散落許多白色紙片，莫多著手一一撿起來。「《聖經》的頁面。」他把整手的紙塞給奎爾，一部分是因為奎爾對印刷文字有難以解釋的喜好，但主要是擔心損毀的《聖經》也算預兆。奎爾盡量把紙塞進衣服，拿起一排海燕蠟燭、一個裝油的膀胱，以及另一個裝北鰹鳥奶油的膀胱，準備爬下去。小厝裡還有三根修長僵硬的羽毛，或許來自海鷗身上。

莫多問道：「要不要拿一些稻草當引火柴？」不過塞了一把進去衣服後，他決定不值得為了引火忍受刺痛，就沒拿了。往回爬的路上，他們驚訝的在戰士岩峭壁上不斷看到一抹抹白色：更多凱恩的《聖經》書頁。也有不少從奎爾的衣服掉出來，像離巢的海鷗。

回到中層小厝後，他們請約翰說明。

她說：「他下了詛咒。」奎爾把手中捏皺的紙給菲利斯先生看。「有個蠢蛋跑來砍斷他的格子長褲後，他決定要譴責凶手。他說這個程序叫『鐘、聖書和蠟燭』。」

「他想用開除教籍懲罰……」菲利斯及時停下來，沒說出尤恩的名字。

「你要把《聖經》倒著打開，說一些生氣的話，然後闔上《聖經》，吹熄蠟燭，再敲鐘，就能讓別人身上發生壞事……天知道是什麼事……可是凱恩沒有鐘，所以每次他搖搖手指，我就要說『咚咚』。蠟燭的燭芯太差，沒辦法點燃。他在氣頭上又把聖書攤得太開，扯破裝訂的縫線，紙就像大瀑布噴出來。於是他加倍咒罵割斷長褲的凶手，因為他雖然不識字，可是那本《聖經》是巴肯牧師給他的。」

尤恩想到他可能被「鐘、聖書和蠟燭」詛咒，嚇得面色發白。即使他對「牧師」的評價一落千丈，尤恩還是深信儀式和典禮的力量。因此不管凱恩有沒有鐘，他都擔心凱恩毀了他上天堂的希望。

「不會啦，我認為天使及時扯掉他手裡的聖書，」奎爾說：「凱恩還來不及做壞事。天使就是這麼好心。不然詛咒會落在凱恩自己頭上，因為他不是真的牧師，只有識字又會算術的牧師才能好好詛咒人。真的牧師要有徽章，對吧，唐先生？」

東諾．唐正在用單手辛苦的把散落的書頁排成正確的順序，他抬起頭，認真點頭。「馬爾科姆國王時代以來，蘇格蘭教會就沒有發過這種徽章了。」

於是鐘、聖書和蠟燭的詛咒解除了，雖然散落的書頁仍繼續順著東北風環繞戰士岩，將文字撒在平台和峭壁上。為了找東西燒來取暖，男孩開始收集鳥巢，如同先前捕捉鳥兒。在外時，如果他們看到紙頁黏在死掉的海石竹上，或在兩塊石頭間飄動，他們會把紙帶回來，像研讀星相一樣大聲朗誦，尋找跡象、警告、鼓勵。還有希望。

酷寒的冬天來了。雖然看不見，它就站在洞口：沒有門能阻擋它。寒意進到洞裡，坐在他們之間，宛如住在海裡、身體就是大海的藍綠人。寒意把溼黏的手放在他們的脖子、腎臟、雙手和雙腳上，像豎琴演奏家撥彈他們的肌肉。他們的血流凍得軟爛，慢了下來。他們的舌頭凍僵，變得沉默。沉默之中，他們能聽到下方遠處海浪拍碎的聲音，一道接著一道、兩道、三道、四道、五道、六道……不！不能數到九，否則基爾達憂鬱會……

東諾．唐說：「記憶守護者，你能跟我們分享什麼回憶？」奈爾一時打不開腦中的海底門，無法取出往事：門鎖給凍住了。

「我的狗羅利最會捕捉海鸚了。」約翰自告奮勇說：「我把牠放進地道，牠就能鑽到深處。海鸚會攻擊牠，用鳥喙咬牠的毛。牠就全身蓋滿海鸚跑出來，像身上夾滿晒衣夾。」

東諾．唐嚴肅的說：「牠是很特別的狗。」

海鸚激起卡倫的另一段回憶。「我姊姊是基爾達女王時，她帶領女生捕鳥隊去博雷島捕捉海鸚。全都是女生。她們一天就抓了兩百七十七隻！」

即使這段回憶已經講過十幾次了，洞穴內還是響起喃喃的讚賞。

「假如明年她們再去，」奈爾說：「就會在隱士家找到柯爾．凱恩，他會跟她們說我們在哪兒。」

這番話招致懲罰：另一陣寒風吹來，防風牆的石頭滑動，嘎吱作響。

戴維冷到語無倫次，他說：「奎爾，再講一次油布丁蛋糕和鯨魚的故事。」煮鍋裡的魚頭和蟹腳載浮載沉，彷彿也急著想聽。

他打斷了奎爾的思緒。莫迪娜剛請他帶她去看赫塔島的知識石。他在上弦月的第一晚帶她去，扶著她爬上岩石，數個世代來去的腳步把石頭都踩空踩滑了。當她站在那兒，手放在他頭上，她獲得預見未來的能力，能看到隔年的復活節。她睜大棕色的眼睛，手指緊抓他的頭髮。她說……奎爾，你我必然會……

然而戴維的問題像海浪拍碎在他身上，沖走眼前的場景，如同畫在沙上的圖案。他從頭髮中抽出自己的手指，戴上帽子。他吼道：「你都聽過了，自己講吧。」

戴維往後縮。菲利斯伸展平常面向小厝牆壁的身子。原先戴維坐在奎爾旁邊，現在寒冷的空氣填滿他膝蓋旁的位子。奎爾低下頭，專心從繩索抽出馬毛。他要做更多燭芯，穿進海燕，雖然海燕已所剩無幾。他不能閒下來。

來到戰士岩後，幾個男孩的腳長得比靴子大了。不管用多少北鰹鳥油，都無法讓皮革伸展或變軟，容納越來越大的腳。於是莫多把靴子給了卡倫，自己只穿攀岩襪。卡倫的靴子給了拉赫倫，拉赫倫的靴子給了奈爾。交換靴子宛如嚴肅重大的儀式，畢竟靴子是寶貴的財產，很難拱手讓人。靴子會保留主人的形狀：奎爾記得在尤恩父親的葬禮上，寡婦手拿一雙丈夫的鞋，撫摸破舊皮革的輪廓，鞋裡跟她的心頭一樣空虛。

肯尼斯不願意與靴子分開，寧可從鞋底拔起鞋幫，擠出空間給腳趾。不過其他人都免費送出鞋子，不要求回報。捕鳥人都知道要照顧彼此，畢竟世上只剩彼此能照顧了。

「我從來沒有靴子。」奈爾的口氣起敬又讚嘆：「謝謝你，拉赫倫！謝謝你！」東諾．唐則坐在地上，用左手替幾雙快解體的殘破攀岩襪縫上北鰹鳥皮。他不能閒下來。

菲利斯宣稱他不需要了，便把靴子給了莫多。

「音樂守護者，」莫多操著拔尖的聲音說：「你知道那首歌嗎？開頭是『爸爸留給我財產……』？」

卡倫用變聲後宏亮的成人嗓音唱了起來。

爸爸留給我豐富的財產：
沒有釣魚線的釣竿，
一雙鞋有皮革鞋底

但大大小小的洞有五十好幾……

約翰坐在莫多旁邊。她感到一隻手臂偷偷環住她的腰，驚訝的稍微扭了一下。她低頭看亂來的手張開手指貼著她的肋骨，便怒目瞪向莫多。他收回手的速度比伸出來快多了。

約翰站起身，走去洞穴另一端，坐在肯尼斯旁邊。

……哨子可吹哨，寶寶湯匙可舀湯，
弦月成了檯燈的燈光……
飛過的一群鵝，
起司的味道，鮮紅的顏色，
鐘的響聲，消息的聲響，
沒看過的天使牛群聚一堂……

身為針的守護者，約翰拚命想把一些魚骨做成針，但脆弱的魚背骨一直斷掉。

「我可以守護別的東西嗎？」她一臉厭惡，把骨頭丟到一邊。

「妳可以守護這個。」肯尼斯把她的手塞到自己雙腿間。這時她發現非常尖的魚骨極為好用，她拿一根扎了肯尼斯後，挪去坐在歌者旁邊。

眼睛能眨眼，嘴巴能撒謊

還有學不會飛的翅膀。

爸爸留給我豐富的財產，

所以姑娘啊，妳能否與我相伴？

卡倫轉過頭，朝約翰唱出最後一句。她羞紅了臉，大聲抱怨起來。

莫多撿起散落地上的螃蟹殼，將粉色小甲殼環繞擺放在他周圍。他的動作逐漸吸引所有人的視線。

通常每晚最後，菲利斯先生會餵男孩喝暴風鸌油，直接從北鰹鳥腸子擠出鐵紅色的油倒進每張嘴。這帖全效藥能治癒發疼的四肢、咳嗽、牙痛、扭傷和反胃。大家或多或少都經歷過這些病痛，不過在戰士岩生活數個月後，每個人都碰到的問題是便祕，而強大的暴風鸌油是唯一的解藥。沒有人拒喝陳年老血顏色的黏稠發臭液體。不過今晚莫多把油倒進十一個螃蟹殼，慎重的一一放在洞穴內每個人面前，接著用雙手舉起自己的殼。「七倍保佑我們的朋友，以及必要時的堅固繩索！」

聽到熟悉的敬酒詞，每個人都倒抽一口氣。他們在老家說過上百次了：週日晚餐、婚禮和受洗禮、葬禮、賽馬比賽、宰羊時分、新年、復活節和諸聖節。他們怎麼沒想過在戰士岩說？

「七倍保佑我們的朋友，以及必要時的堅固繩索！」他們異口同聲，文字笨拙的互相碰撞重疊，像十一名大人和小孩擠在小小的洞穴裡。

隨後的日子，這項新儀式徹底融入生活，他們都能齊聲說了。「七倍保佑我們的朋友，以及必要時的堅固繩索！」

等鳥兒都離開，暴風鸌油也喝完，他們改用雨水。

他們睡覺前會互相握手。畢竟寒意烏鴉棲息在中層小厝，把大家臉上的肌膚啄出洞來，偷走鼻子、指尖和耳朵的觸感。牠在就寢空間跳來跳去，在他們的喉嚨上張開爪子，尋找熱源。平台上的有翅小蠟燭從頭頂燒到腳底，但火焰太弱，無法趕走牠。哪天晚上，寒意烏鴉極有可能趁他們睡著，偷走一、兩條性命。

第十四章

鬧鬼

奎爾夢到莫迪娜想爬上柯拿椅丘頂端。然而一朵白雲掛在柯拿椅丘和東丘上空，兩人才爬進溼黏的白霧，馬上就迷路了。奎爾不斷呼喊她：只有海鷗回應。「小心，心肝！妳不會飛！」喊完後，他驚慌的撥起繚繞的霧氣，如同剃羊群的羊毛。當他醒來，他發現睡覺時枕在頭下的帽子有一塊都沒毛了。

他還發現莫多用手摀著他的嘴巴，嘶聲說：「你一直大叫她的名字。」

即使醒來，夢中溼黏的寒氣仍揮之不去。濃密的海霧籠罩戰士岩，只要把臉探出門外，馬上會沾滿水珠。小鬼頭認為戰士岩被抬進雲中（就像聖基爾達的聖殿），還發誓他們感到岩柱移動，因而抓緊牆壁，擔心一個顛簸會把他們甩出洞口，掉進半空中。奎爾還沒睡醒，無法理解夢中的天氣怎麼從他的腦袋漏出來，充滿整個大西洋。

菲利斯和唐坐著，用帽子摀住嘴巴：潮溼海霧的水珠沾滿疾病，可以害人染上肺病，或咳嗽到死。他們都不打算冒險外出。

古怪的沉默降臨，濃霧蒙住所有聲音：時間本身彷彿停止了。只有兩隻海燕蠟燭從頭燒向腳，標示時間的移動。大約中午，潮溼的空氣捻熄了其中一隻的火焰。

外頭的世界看似在呻吟，其實是突然颳起了風。溫度降得好低，使一抹霧氣自由飄進洞裡。霧氣像一匹布，展開又捲起，變成一根寒冷的柱子，接著竟轉變成人型，頂著亂糟糟的白髮，空洞的眼窩，腳邊環繞一件厚大衣。它的身體一塊塊脫落，像屍體掉下腐肉。幽靈的吐息吹熄第二根蠟燭。

「這是菲爾納・莫的鬼魂。」菲利斯先生的口氣漠然，彷彿在課堂上說：這是褐藻，地圖上埃及在這兒。

洞內掀起一陣混亂。東諾・唐像獅子大吼，應該是說胡說八道！卻只讓大家更加驚慌。孩子把身體蜷縮成球。約翰用雙手遮住臉，開始逃跑，結果頭撞到洞頂。肯尼斯拿海鸚砸向幽靈，鳥兒穿過它，落在卡倫的後頸上。卡倫蹲在地上，前額抵著地面，尖叫說莫「抓住他的脖子」。莫多歇斯底里大笑。奎爾試圖站起來，卻發現戴維緊抱著他的腿，結果跌倒在他身上。拉赫倫和奈爾跪著飛快爬出洞穴，來到外頭的岩棚，宛如羊兒躲避牧羊犬的追趕。

「蠢蛋，莫死在海裡！」唐輕鬆的開口，試圖壓制大家抓狂的反應。「他的靈魂應該在海燕體內，徜徉在浪頭上。」

可是肯尼斯揮動雙手，拚命否認：「不對！不對！奎爾在下頭找到他的骨骸！頭啊什麼都有！他在戰士岩上！他在戰士岩上！」

奎爾試著掙脫戴維的雙手，好解釋那是海豹屍體，他只是撒謊騙了肯尼斯……

這時號角般響亮的聲音響徹洞穴，如同鈴聲充滿了鐘：

「以耶穌基督之名，請離開。」這句話出自尤恩之口。

外頭羊毛白的世界颳起一陣更強的風，咬住霧氣，將之甩成碎片。海潮聲回來了，穩定如呼吸一般。穿堂風吹亂男孩潮溼的頭髮。幽靈原地轉身……消失在微微的陽光中，隨著霧氣迅速散去。每個人都轉頭盯著尤恩。

「幹嘛？」他很驚訝沒有人想到這麼做。「《聖經》說我們應該驅逐惡魔，我就照做了。」他說得一副這是日常的普通消遣，跟洗手一樣。

事後並不清楚誰相信自己看到鬼魂，誰只是染上恐慌，但沒有人想懷疑尤恩有能力驅逐惡魔。鬧鬼事件終於說服尤恩，讓他認清自己沒有缺乏信仰。其他人現在可能懷疑世界末日，但尤恩替他們相信就夠了。他是一抹持續閃耀的光，不會熄滅。沒有人公開討論濃霧形成的幽靈是不是真的，著實可惜。

要是大家好好討論，或許便能趁早發現菲利斯先生才真的受到幽靈困擾。

「我要去找鳥巢當引火柴。」菲利斯一面回頭叫道，一面迅速俐落爬上岩面。他昏昏欲睡的懶散態度、眼神渙散的放空狀態都一掃而空。雖然他的肌膚仍呈現粥一般病態的黃色，紅褐色頭髮坑坑疤疤，但「鬼魂」事件替菲利斯先生注入了全新的能量。他迫切想做一件事，因而清醒過來。他橫越戰士岩，攀岩的老練技巧展露無遺。

「先生，只有你嗎？」奎爾叫道：「先生，你一個人去嗎？」菲利斯想尋求孤寂和沉默並不奇怪：平常奎爾或許不會跟上去，可是這回菲利斯帶走了莫多的繩索。他把繩子纏在身上，從突出的岩塊跳到岩塊，手從一個抓握處換到下一個。他焦急的動作促使奎爾緊跟上去：除此之外，還因為他沒帶袋子裝引火柴。

每隔一浪（約兩百公尺）左右，菲利斯便會轉頭，叫奎爾回去。

他的目標是垂懸石。蓋滿鳥糞的石塊突出懸在深海上，夏天擠滿各式各樣的海鳥，從早到晚不斷交配、生蛋、爭執和噴水。他把繩索綁在奇形怪狀的巨石底部，開始往口袋塞東西：不是未受精的老蛋，也不是海石竹、海鷗羽毛或小鳥屍體，而是石頭。他非常專心，在岩面上仔細尋找卵石和碎片，將脆弱的大片岩屑敲碎成容易放進口袋的大小。白色繩索垂吊在他下方空中，所有紐結和彎曲都舒張成乾淨垂直的線，像撞鐘繩在風中擺盪。

「我最近常切開那根繩子拿馬毛來做燭芯，」奎爾叫道：「繩子需要修補了。」

菲利斯說：「沒關係。」

奎爾希望東諾．唐過來，帶來他巨大且笨重坦率的理智。他希望莫多出現，要求拿回他的繩索。他希望母親在場，能抓住菲利斯的耳朵，猛力搖他，說他的腦袋裝滿大麥麩，然後緊緊抱住他，保證不會跟任何人說他這麼蠢。

他希望尤恩在場，提醒菲利斯自殺是罪過。他能清楚看出菲利斯的意圖，彷彿他親口說了。

菲利斯說：「奎爾，我要回家了。」他把身子垂下垂懸岩邊緣。白色繩索繃緊，奎爾切開取馬毛的缺口像魚鰓打開。

菲利斯心中自有一套邏輯：奎爾試著站在他的角度去理解。他的處境非常可怕，不過沒錯，似乎有點道理。縱身投海，或從戰士岩頂端一躍而下，確實是自殺，是彌天大罪，況且菲利斯可能在最後一秒退縮。然而照他現在的作法，繩索會承擔他死去的罪過。

繩索從垂懸石邊緣垂吊下去，他若想爬回來，必須要有操索人拉他上來。他的手腳沒有地方抓踩，只能緊握繩索。到頭來，繩索會因為菲利斯的重量斷裂，或者時間會吞噬他最後一絲力量，他便會跌進下方的大海而死。口袋裡的石頭將帶他沉到海底（以防他沒有摔死，像菲爾納．莫試圖游上岸求生）。其他人只會找到繩索，判斷發生了意外。就連萬能的主也可能遭到矇騙，認為他沒有犯罪。

但奎爾不笨，他很清楚狀況；他不打算讓菲利斯自殺，詛咒自己的靈魂；他不打算讓老師拋下學生；他不打算站在一旁，眼睜睜看好人死去。

奎爾同時知道他體力不足，無法拉菲利斯上來。

他希望莫迪娜跟他說他錯了：菲利斯真的只是要去找鳥巢。可是他腦中沒有響起和緩的聲音，只有盲目的恐懼如大黃蜂哀號……

……於是奎爾將體重交付給白色繩索，同樣從石塊邊緣垂吊下去。他感到羊皮護套繃緊，吸掉他雙手的汗水。

「孩子，你瘋了嗎？」

「先生，現在壞事不會發生了，否則我也會一起掉下去。」

奎爾並不認為菲利斯會罵髒話。（他猜測）人需要飽讀詩書，才會知道那麼多詛咒。接下來的兩分鐘確實令他大開眼界。

沉默隨之而來，只剩繩索在風中擺盪，嘎吱作響，不斷摩擦、摩擦巨石的底部。大海也在磨蝕戰士岩的底部。他們下方的海水一片蔚藍，澄澈不已。低矮的雲朵遮住太陽，抹去刺眼的陽光。他們可以看到日光照亮深海：雖然看不見遠在底部的海床，但能看到水面下的石頭拱柱和基石。他們幾乎等於看到淹沒的城市，過往文明沉沒的廢墟：人魚的城堡，亞馬遜女王的要塞。或者藍綠人的家，他們的肺呼吸海洋的鹽水，他們整個人就是海洋的鹽水。

菲利斯說：「我可以放開繩索。」

「可是我就爬不回去了。」奎爾說：「我沒辦法。」

第七道海浪誇張的拍打下方峭壁，水沫噴濺上來，但還搆不到白色繩索的盡頭。

菲利斯說：「做夢時菲爾納．莫會來找我。」

一會兒後，奎爾說：「做夢時莫迪娜．蓋洛維會來找我。」

「真的嗎？那她真的是女巫了。」菲利斯聽起來似乎很難過，又頗感興趣：這不是難堪的壞事，只是證明他們的夢境確實來自同樣的邪惡源頭。

「她才不是女巫，你怎麼可以這麼說！她是你的親人！她人很好。我只是會夢到她。」

「抱歉。我的妻子……我的女兒……」菲利斯說又停下來。他或許願意分享他的噩夢，但他也有過於珍貴的寶藏，無法向任何人提起……於是他說：「菲爾納．莫會來找我，他到小厝就是來找我。他跟我說，身處虛無比在這兒好。變成虛無，身在虛無，也比這樣好。」

「他在引誘你做邪惡的事，他就是這種人……但是先生啊，如果他的鬼魂還在戰士岩，他就不知道變成虛無、身在虛無的感覺，因為他永遠困在這兒，成天騷擾別人。他哪知道什麼是變成虛無、身在虛無？你們兩個想要永遠待在戰士岩，陰魂不散嗎？」

「我不像他是小偷，我不是壞……」不過男孩的腳對著他的臉，菲利斯覺得還是別向他辯解了。「我們儲存的鳥兒很快就會吃完，海況又太差，無法捕魚。我應該負責照顧你們才對，我不要留下來，眼睜睜看你們全部餓死凍死。」

繩索護套繞著馬毛核心轉了一下，將他們轉向面對大海，而非岩壁。越過從中阻撓的李岩，赫塔島的輪廓忽隱忽現：他們可以看到柯拿椅丘的頂端，一側是索厄島，另一側是堡寨島。為什麼沒有人來帶他們回家？這段距離如此、如此的短……

「出發前，我在織布準備做洋裝，給我的妻子穿。她早就浣好紗，就等我織布。可是我起步太晚，還沒織好她需要的布就出發了。」

繩索的羊皮護套上有裂痕，像魚鰓張開。雲朵也像魚鰓張開，讓金黃的陽光灑落海面。陽光落在北方，照亮游過大海的身影。

一頭鯨魚。

鯨魚跟大帆船一樣巨大，宛如大帆船的艦隊。沒錯！不只一頭，而是三頭，四頭，更多！一整個艦隊的鯨魚，往西南方破水前進。菲利斯屏住呼吸。

「遍地滿了你的豐富。那裡有海，又大又廣……」他悄聲說，彷彿大聲引用詩句會嚇跑鯨魚。

眼前的景象太過壯麗：鯨魚從容不迫，自外於時間、突出水面的微小土地，以及攀在上頭更微小的生物。當鯨魚進入視線範圍，其他一切都不重要了。他們一直看著鯨魚群往西南前進，游向空曠的永恆。

「我從來沒看過鯨魚。」奎爾低聲說：「我聽過故事，但從未看過。」

菲利斯說：「真希望我的女兒能……」

「也許她們也看到了，也許她們現在就站在東丘頂端遠望呢。」

「所以你認為世界末日還沒到囉？」

「你問我做什麼？我是小孩，你才應該教我們知識。」一根馬毛脫離護套，飄向奎爾的臉，卡在睫毛中，摩擦他的眼球。由於大腿下方沒有繩索，他全身重量都靠雙手支撐，無法空出一隻手撥掉馬毛。「先生，趁我還不累，可以請你爬到我上面嗎？你站在我的肩膀上，就能爬上邊緣，然後拉我上去。」

「你可以站在我的肩膀上，」菲利斯反駁，「你先上去。」

「可是我爬上岩棚後，沒辦法拉你上來。我說過了：我是小孩。你得先上去……喔，先生，不過麻煩你清掉口袋裡的石頭，減輕重量，我會非常感謝你。」

奇蹟似的，菲利斯沒有否認口袋裡有石頭，反而掏出碎石、卵石和包覆鳥糞的石頭，丟到下方海裡，打碎兩人攀爬白色繩索的倒影。接著他爬上繩索（應該說試圖爬上繩索），越過上方緊抓繩子的男孩。

爬上緊貼岩面的繩索是一回事，爬上懸在半空中的繩索可需要不同的努力。大人爬過他身旁時，奎爾雖然閉著眼睛，仍感到他身上的每個部位：頭部喘息，四肢跟乾鳥肉一樣有力，口袋殘存一顆石頭，肋骨下方的拱形因為挨餓而凹陷，關節在臼窩中挪動。

奎爾終於把繩索繞住大腿，拉過一邊肩膀，將身體調成坐姿，好承受菲利斯站在肩膀上的壓力。他最後迅速一推，把菲利斯推上垂懸石邊緣。然而這個動作必然把繩索繃到極限，因為奎爾同時聽到並感到巨大的斷裂聲。

每個基爾達群島的男生都具備部分鳥的特質。他知道從天空墜向明亮大海的感覺，他在想像中看過數千次了，他也有認識親友生前的最後一刻便在下墜。不過奎爾雖然透過閉起的眼瞼看到閃亮的紅魚閃過，等他張開眼睛，卻發現繩索沒有斷掉。菲利斯正在拉他上去，只有上帝知道他哪來的超人力量。或許是愧疚害怕他照顧的男孩摔死？或者鯨魚借給他一些牠們的巨靈蠻力。

直到菲利斯抓著他的外套後頸，把他拉過垂懸石邊緣，奎爾才發現「斷裂聲」的來源。聲音來自他的肩膀，那些像翅膀末端散開的脆弱小骨頭。返回中層小厝路上，發疼的肩膀頗為煩人，但奎爾決定不聲張。他的朋友面對的麻煩已經夠多了。

火

第十五章

沒有人注意到他們返回小厝。所有人的目光都看著東諾．唐，他蹲在牆邊，身旁群聚的男孩趴在地上，或蹲著把膝蓋縮到耳旁。他們看唐把小刀彈向牆上，拉赫倫緊跟在旁邊，手裡拿好一束稻草、裝了油的螃蟹殼，以及一把羽毛。兩人看似在用雜音和誘惑哄騙地道裡的海鸚出來，但他們其實在試著點火。

火光不時亮起，男孩便會發出勝利的高喊，但接著火又滅了。唐斷掉的手臂笨拙的固定在胸前，他完好的手撞到石頭太多次，手指都破皮受傷了，但他還是不斷拿刀刃砍向牆面，直到刀尖斷掉一次、兩次，最終變得太小無法使用。拉赫倫拿來自己的刀子。他在洞口看到奎爾，便坦承了他糟糕的罪行：「我知道，我知道！對不起！我讓火熄滅了。我是火焰守護者，卻讓火熄滅了！不過奎爾，我們會再生火的。真的，我們會再生火的！」

另一抹火光，另一聲喜悅的呼喊，另一聲失望的呻吟。

菲利斯先生手抵著胯下。他把奎爾扛上垂懸石時拉傷了肌肉，爬回中層路上揉搓了傷處好幾次。不過這回他只是在口袋裡摸索，拿出先前留下的一顆石頭。「試試這個。」他的口氣輕鬆，但同時瞥了奎爾一眼，警告他別說出石頭的來源。

唐拿刀子砍向石頭。火花蹦出來，燒到一根羽毛，也點燃了油。他們又有火了。

「戰士，謝謝你！」戴維朝小厝的屋頂大叫：「謝謝你！」其他人則感謝東諾．唐。火焰守護者拉赫倫倚著手往後靠，如釋重負哼了幾聲。當下每個男孩都決定要練習用刀，直到能砍出火花，幾個人甚至成功了一、兩次。

不出幾分鐘，又冒出另一抹火花，亮得把十一人的影子畫在小厝的後牆上。原來海上亮起了閃電。

他們點燃燭芯，把油倒進雨水，魚肺放進戴維媽媽的煮鍋加熱，然後所有人聚在洞口，看雷電交加的暴風雨緩緩橫越大海。雨水形成陰暗的樹幹，閃電形成樹枝；基爾達島民一輩子只看過這種樹，但多麼壯觀呀！

奎爾問道：「你們先前有看到鯨魚嗎？」可是沒人看到。「『守望守護者』看到了。對吧，菲利斯先生？」

「沒錯。」菲利斯先生說：「有你所造的巨靈游泳在其中……」他揪起臉，或許是因為胯下疼痛，或是想起最近的回憶。

奎爾的肩膀沒有移位，手沒有完全喪失觸感，只有兩根手指沒了感覺。他的肋骨顯然只是裂了，沒有徹底斷掉，鬆動晃來晃去。他告訴自己，傷勢並不嚴重，不會害死他。然而好消息沒有消解他的疼痛。每當奎爾舉起手臂攀岩，或在睡夢中翻向左側，痛感便會大聲尖叫，害他的耳朵嗡嗡作響。某天晚上，他夢到他的狗蕁麻把他誤認成羊，咬住他的肩膀，打算把他從紅丘斷崖丟下去。

所有儲藏塔都空了。每個男孩都曾負責去拿食物來煮，因此沒人確定哪些儲藏塔空了，是否還有幾個藏有鳥肉。他們把所有拔下的羽毛都拿進洞裡，好在睡覺時墊著身體，隔絕冰冷的石頭。他們噴嚏打個不停，皮膚爬滿寄生蟲。他們的肌肉發癢、結痂又痠痛，隨便一碰就會裂開，像長大的螃蟹撐破背上的殼。雖然珍貴的食物少得可憐，男孩卻彷彿長大撐破了皮。

洞口有水不斷滴進煮鍋，發出滴滴滴的聲響，宛如時間本身一秒一秒殘酷的流逝。每晚最後跟一早醒來，他們都會聽到這個聲音。只有等洞口的水結成冰，聲音才會暫歇，但酷寒的天氣比滴滴滴的聲響更折磨人。

星期守護者肯尼斯說今天是諸聖節。他臉上的表情警告大家不准反對，因此他們都知道是肯尼斯決定今天是諸聖節，不是日曆說的。

「你說的是聖誕節吧？」約翰說：「諸聖節應該早過了。」

肯尼斯刺耳的說：「誰才是星期守護者？」

起初他做得極為帶勁，但隨後便忘了維持日曆的工作。小厝牆上可以看到不同星期朝各個方向擴散，其中因為缺乏煙灰寫字而缺了好幾天，有時他沒興致就漏了兩週。但肯尼斯說今天是諸聖節，因為平台上積了夾雜雨的雪，隔夜門楣上便出現冰柱。

「如果星期守護者說今天是諸聖節，我們就過節吧。」莫多說：「有什麼差？」

確實，他們都沒有食物飽餐一頓了，有什麼差。但回憶守護者則討厭的提醒大家想起赫塔島的秋季連日盛宴：跳舞、慶典、說故事和比賽。在肯尼斯心中，諸聖節跟村裡的大餐息息相關。他有些期待能舉辦餐宴，才建議今天是假日。

奎爾說：「我們沒辦法辦餐宴，但或許可以比賽。」

戰士岩側面高處有一道微小的裂縫，讓雨水穿過石頭，像血流過戰士的血管，最終從中層小厝的屋頂滴出來。每一滴水馬上會一分為二，緩緩沿牆壁流下來。下雨後四天內，滴水的次數頻繁快速，會在地上積出水窪。現在進入深冬，每天都是下雨後四天內。他們越發討厭洞頂漏水的瓶塞朝他們眨眼，反射唯一一隻海燕蠟燭的火光。

不過在所謂「諸聖節」這天，他們用赫塔島的十二頭小馬替每一滴水珠命名，看水珠在節慶錦標賽的最終賽事兩兩激烈競爭。他們為自己的小馬加油，喊得聲音都啞了，以至於要唱歌的時候，音樂守護者只能領著一群青蛙和牧羊犬，用沙啞、咳嗽、咆哮的聲音唱完聖歌、搖籃曲和情歌。

奎爾試著唱莫迪娜的歌：「大海漫漫……」但包住記憶的網子磨破了洞，歌詞扭動逃脫游開了。

小男孩得負責跳舞，因為其他人太高，沒辦法在小厝裡站直。有些人抵達時頭還沒搆到洞頂，現在都必須屈膝，才不會撞破頭殼（奎爾的肩膀很高興有藉口不用跳舞）。

他們沒有辦餐宴，也沒有生起營火。不過他們封約翰為戰士岩皇后，拿海燕燒盡殘留的油膩灰燼，在她就寢處上方的洞穴牆面畫了尖銳的王冠。每當她背靠著牆坐起來，圖案剛好就落在她的頭髮上。

戴維問道：「明天可以過復活節嗎？」

「羊腦袋，」肯尼斯說：「諸聖節過完不是復活節。」

約翰比較親切的解釋：「不是呀，戴維，聖誕節會先來。」

「誰才是星期守護者？」肯尼斯朝她怒吼：「什麼時候聖誕節我說了算。」

東諾．唐挪動臀部，從身後拿出一塊石頭，好像石頭壓到他的背。接著他趴下來，瞇眼看進露出的縫隙，從裡頭掃出一堆腐爛的垃圾，宛如風吹到牆角的樹葉。垃圾都是腳：海鸚的腳。自從尤恩看到幻象，唐每天吃一隻海鸚，就拔下一隻腳，塞進洞裡：記錄時間的流逝。這是他的祕密消遣，因為管理日曆應該是別人的工作。不過唐生性小心，寧可相信自己，也不相信他人。

「假如我們……從夏末秋初開始擔心……」他數起乾癟的小腳，像在數他的存款。十張嘴默默跟他一起數，十雙眼睛看財富越疊越高：時間的貨幣。肯尼斯數著自己日曆上的日子，準備挑戰敵對的星期守護者。

「十二月，降臨期。」數完最後一隻乾癟的腳後，尤恩說：「等待耶穌降臨的時候。現在他們會來接我們了。」

可是尤恩看到幻象那天起，唐才開始做海鸚日曆，距離他們抵達戰士岩早已過了好幾週。「就我來看，新年已經過了。有些晚上，這隻手臂害我睡不著，我發現比起上週，這週比較早天亮。新年已經過了。」

大家聽聞消息都不可置信。年長的男孩（對時間流逝有一定概念）認為這表示冬天過了一半，他們或許能活著看到春天，等到鳥兒回來。年幼的男孩只看到一月和二月的寒冰朝他們漂來，準備凍結血管裡的血液。

「七倍保佑我們的朋友。」菲利斯喃喃說：「所以是一七二八年囉？」

是嗎？當時間完結了，一年還能交接給下一年，保有數字嗎？上帝的算盤還在加總年份嗎？還是上帝也算不清楚了：不知道年份，不知道星期，不知道在一切的盡頭有多少靈魂等著回收？

他們召開國會，但不是要決定什麼。菲利斯和唐只是拚命想維持某種常態，試著制定每天一定的架構和目的。事實上，戰士岩沒有鳥兒了，死亡時光已經降臨。

雖然不能直接告訴男孩，但捕鳥隊沒有時間了。不用多久，他們便會餓死。

「我們現在該做的，」尤恩開朗的說：「就是尋找預兆。」

他們確實忘了這個習慣。以往在赫塔島，他們固定天天觀察預兆。先前時時刻刻期待天使出現時，他們會熱切的在空中尋找跡象，在星海中尋找提示，或許是靈鳥盤旋，或怪獸從海中躍起。曾幾何時，他們不再注意了？

肯尼斯一如往常粗魯的說：「我去門口往外看，找幾個吧？沒必要出去凍個半死。」

拉赫倫也同意，但尤恩的提議獲得選票支持，東諾．唐（喜歡實際的解決方案）也點頭贊同。「不過你們要保證，檢查路上經過的每個儲藏塔，我們可能還漏了一、兩個。」他低聲補充：「鳥兒比任何預兆都能填飽肚子。」

奈爾建議：「我們可以下去海邊，藍綠人可能會告訴我們未來的發展！」

「不錯。你們下去時，記得把口袋裝滿螃蟹和帽貝。」唐想到能煮魚湯便很興奮。

可是菲利斯反對，「風這麼大，不准下去海邊，浪肯定太大了。」

拉赫倫說：「我討厭螃蟹。」

唐怒吼說：「那你就吃空氣派吧，或給我們找些鳥來！」他不斷鬆放手掌（以資證明手還能動），看起來非常像螃蟹背部著地扭動。

雖然奎爾的肩膀不太想爬去上層小厝，但其餘的他覺得那兒最有可能找到預兆。「總會有一、兩張凱恩的《聖經》夾在縫隙裡。」

莫多說：「如果你知道去哪兒找，就不叫預兆了。」但奎爾不同意。去最可能出現的地方找預兆，不過是常識罷了。莫多還是半信半疑。

捕鳥隊在第一層峭壁表面散開，朝各自的目的地前進。莫多看到一朵鐵砧形狀的雲——「老兄，跟鐵砧的形狀一模一樣耶！」——決定應該把預兆回報給唐先生。奎爾質疑莫多只是想快快回去躲風，他們便吵了起來。

近來他們越發缺乏對話和開玩笑的精力。每天只喝油水湯，晚上凍得睡不著，害他們的善意節節敗退，縮回體內，無法從眼睛往外看，讓嘴巴微笑，叫喉嚨說話。

「隨便你，」莫多說：「我要回去了。」

不過戴維很快補上了莫多的位子。「奎爾，我跟你去！」他說：「我們要去哪裡？」

奎爾揉揉肩膀，有些分神，擔心他終究可能爬不上去。不過看到戴維期待的表情，他不忍背棄男孩的崇拜。

「我們應該下去捕魚！」戴維建議，「你看，我好好帶著鐵手指，也許能招來一條魚，魚肚裡會有預兆，跟故事說的一樣。」

奎爾心想是哪個故事，他講過太多了。這陣子每晚睡著前，他只會想到受傷的肩膀墊著堅硬的石板地，以及飢腸轆轆的肚子。「戴維，或許明天吧。」他說：「菲利斯先生說浪太大了。」

的確沒錯。大海正在舒展背部，彷彿海床也蓋滿了石頭，害它無法好好休息。每一道沒有拍碎的浪頭都順著岩面沖高好幾英尋（好幾公尺）。然而他們還是該去捕魚才對。

但他們選擇爬向岩柱頂端。狂風吹吹停停，甩在他們臉上，重捶他們的腎臟，把他們的長髮甩進眼睛。戴維看起來像女生，頭髮早已長得超過帽子，奎爾心想自己看來也差不多（只有約翰拿銳利的刀子剪短頭髮，接著鼓勵肯尼斯、莫多和卡倫照做）。

他們經過菲利斯先生，他站在壁凹裡，像教堂牆上的雕像。垂懸石事件後，守望守護者極為認真執行他的任務，逼迫自己站在室外好幾個小時，注意預兆或鯨魚……兩人路過時向他打招呼，但他太過專心，沒有理會他們。

不出幾分鐘，男子的聲音從下方傳來：「有船！有光！點火！打信號！」戰士岩崎嶇突出的岩面遮住了菲利斯，但隔著風聲，他們勉強可以聽到他放聲大叫。他們正攀在戰士岩陡峭的「胸前」，無法馬上轉頭看，也無法轉身背對峭壁，必須踩著腳下平台，抓著石塊，才不會摔下去。直到奎爾和戴維爬到較寬廣的岩棚上，才終於能往海上看。奎爾叫道：「哪裡？哪個方向？」可是菲利斯離得太遠，聽不見了。

真的有光嗎？假如有，是船上的光，還是他胡思亂想？是天使的馬車，還是一群白鳥？至少可以確定不是信號火光，因為誰會在船上點火？這時奎爾突然想起菲利斯的話：他要點火打信號給船看。

戴維問道：「奎爾，他看到預兆嗎？」

「不是預兆，是一艘船。我們要打信號！」

奎爾趴在地上，從平台邊緣往下喊：「我會點火！我會去生營火！」他不願意拋下戴維一個人，便叫他跟上來。

戴維指向海說：「可是預兆……」

「拜託別再吵了，趕快爬好嗎？」

他的記憶深處浮起一個畫面：羽毛和裝蛋籃疊成一堆，像尚未點燃的營火。凱恩和約翰背靠背睡覺的床。

「快點，戴維！」

「我們要去哪裡？」

「當然是上層小厝！」

洞穴裡沒看到羽毛，但壓扁的裝蛋籃作為凱恩的床墊仍擺在那兒。風吹散了整疊床墊，但稻草的部分仍纏在一起，看來是乾的。戴維在洞口跳來跳去，掃視大海，尋找船的蹤影。

「奎爾，會是天使嗎？船上會載著天使嗎？」

奎爾拖來所有的乾草，堆成小丘。接著他拿自己的刀砍起地板和牆面，試圖砍出火花。約翰先前悉心用魚皮替他堵住外套的填料，他撕掉補靪，從裡頭夾出一點羽毛。

戴維叫道：「快點，奎爾！船要走了！」

一抹火花，兩聲勝利的呼喊，隨之而來的失望。想要點起火，需要吹穿堂風。奎爾推動洞口擋風的石牆，石頭一顆顆鬆動，突然害他失去平衡，跌倒後肩膀著地，鎖骨大聲慘叫。乾稻草起伏微動，一股冷風灌進小厝，彷彿等待機會很久了。奎爾不斷揮刀，配合肩膀陣陣發疼的節奏。他甚至沒注意到火花終於落在糾纏的稻草上，燒黑了床墊。他眼前突然全都是煙。另一陣風把整個床墊從地上吹起來。狂風離開洞穴時也捲走了空氣，奎爾開始咳嗽。

床墊燒得焦黑，卻沒有產生一絲火光。他們需要空氣，需要風吹醒火苗。奎爾拖著床墊，四肢並用爬到室外。陣陣骯髒的濃煙伴隨他到門口，又回轉飄回洞內，不願面對惡劣的天氣。他在洞口放手，讓床墊徹底承受強風的威力。他跌跌撞撞躲開令人窒息的濃煙。

奎爾和戴維站在小厝外微微傾斜的地上，抱著彼此保持平衡，但狂風推擠他們跳起笨拙扭動的舞。他們身後的影子也在跳舞……因為小厝洞口終於燃起跳動的火焰。燃燒使得空氣旋轉，數百根稻草碎屑也跟著轉呀轉呀轉呀轉。一根根稻草四處崩落，像火鳥竄向夜空。

夜空？

現在並不是晚上！國會一結束，他們立刻就離開中層小厝，爬了大概兩到三小時，頂多剛過正午。然而，現在天色跟傍晚一樣暗，板岩顏色的濃密雲朵覆蓋戰士岩上空，宛如天堂堡壘降臨，飄浮在聖基爾達群島上，他們看到堡壘地基的底部。

「我們做到了，我們做到了，我們做到了！」戴維大喊，目眩神迷的看著稻草如漩渦打轉。他們把戰士岩變成燈塔，將光束射往指南針的一定角度，遠遠照向大海。

第十六章
暴風雨

一會兒。肯定過了一會兒，僅剩的裝蛋籃殘骸才燒盡，火光跟著熄滅。他們不敢踏過洞口的餘燼，便到最近的儲藏塔搜括食物，搞不好能找到一隻海鸚。辛苦亮起信號火焰，他們值得吃一口海鸚！但是，襲來的狂風越發猛烈，他們只得蹲在小儲藏塔的背風側。奎爾意識到風勢減弱前，他們無法爬下去了。爬下去？風勢太強，他們甚至無法回到洞穴。

戴維壓過嘈雜的狂風說：「暴風雨來了。」

奎爾叫道：「沒錯。」他們的頭相距不到一隻手，卻仍需要大叫。他們得趕緊摘下帽子，免得給風吹走。這時奎爾注意到戴維的頭髮四散，根根分明，彷彿像動物能豎起鬃毛。他伸手去摸自己的頭髮，感到劈拍跳動。空氣中充滿靜電，弄亂了他們的頭髮。

他短暫心想：是他們造成的嗎？他們的營火沒有吸引到一小群漁夫，或經過的護衛艦，反而召來暴風雨嗎？汗水好像在他的肌膚上凍成一層。風似乎繞過儲藏塔抓向他，試圖把他拖到空曠處，對他拳腳相向。儲藏塔的石頭互相磨蹭，但仍屹立不搖。數年前捕鳥人建起的小塔，今日仍保護他們的後代。

看來也保護了不少聖人。

因為當他們轉身，背靠著小塔，迎面便看到十幾雙眼睛。地上擠著一群海燕，這種鳥兒通常冬天不會上岸。這些小聖人化身有翅的蠟燭，在中層小厝燒成烈焰而死。牠們是「聖母瑪利亞的小雞」，徘徊在淹死的水手靈魂上方；牠們是「靈鳥」，會叼起受災船隻的船長靈魂，與牠們一同飛越浪頭。

暴風雨來襲時，海燕會躲在船隻的背風處。

更多海燕加入這十二隻夥伴，往前擠過男孩的腿，甚至站在他們大腿上。兩人都沒有動，只有戴維抬起頭靠近奎爾，好聽見彼此說話。

他問道：「牠們想做什麼？」

「避難，跟我們一樣。」

「你覺得牠們是預兆嗎？」

「當然。聖母瑪利亞送牠們來的，晚餐。」

「可是我沒東西給牠們吃！」

「戴維，」奎爾說：「在你母親眼中，你一定是最亮眼的星星，我也非常愛你，但……我是說我們的晚餐，不是牠們的。」他這才發現他好久沒笑了。

他們一次抓起兩隻鳥兒，捕鳥人的快手連打牌高手都自嘆不如。奎爾因為肩傷，無法擰斷鳥兒的脖子，只好把鳥頭滑到屁股下，用體重壓過每顆脆弱的頭顱。他隔著長褲感到血，比雨水還溫暖。他們幾乎沒注意到何時開始下雨，不過兩人並無怨言：大雨只會讓鳥兒更慢起飛，更容易抓。不出兩分鐘，他們就抓夠了每人份的晚餐，未來還能煮許多天的肉湯。

他們判斷更多海燕可能躲在其他儲藏塔的背風處，便把癱軟的屍體放進小石塔，前往離小厝較遠的下一個儲藏塔。

他們有幸發現四十多隻海燕站在那兒，頭縮進身子，像朝聖者站在聖壇前。

戴維叫道：「你看，奎爾！你看！」他露出夾在指節間的魚鉤，讓他能更快抓住鳥兒殺掉。

海面亮了起來。一道閃光，一把營火迴旋劃過天際。這下海燕如禮物從大海中心飛來！宛如預兆猛烈落下，像大雨滴進男孩的眼眶，在他們耳邊大叫：「你們必享福樂，你們必享福樂，一切皆必享福樂……！」

……然而海燕並非只想躲避大雨或酷寒冬日，或者毫無根據的迷信。牠們也會觀察預兆，判讀雲朵、不安的大海、大西洋深處伺機而動的威脅。直覺告訴牠們，暴風雨即將來襲，會把世界像風信雞轉個不停。

現在暴風雨突破掩護，砍斷分開天空與海洋的天際線，驟然衝向聖基爾達群島，彷彿要將每座小島和岩柱沉到海底。海面蠕動升起，傾盆而下的雨水在上頭畫出鱗片：這是一條龍，神話中的吞世海怪，平常躺在海床上，肚子裡裝滿了火。閃電三叉戟對牠又戳又插，卻似乎只激得海龍更加憤怒。雖然雨水壓平了遠方海面的浪頭，當海浪打碎在戰士岩上，水花仍朝空中濺起數百公尺，發出加農砲的巨響。遠在赫塔島上，暴風雨會吹飛白沙灘、房子的茅草屋頂、山邊的草皮。閃電和打雷之間不再有間隔，而是融為連續的單一個體。

暴風雨從戰士岩頂端澆下瀑布般的冰水，淹過岩石坡面，把海燕屍體沖進黑暗，把蓋滿鳥糞的石頭洗回黑色。只有閃電劃過天際時，奎爾和戴維才能看到彼此，才知道該把手腳擱在哪裡。雖然只要爬二十分鐘就能到上層小厝避難，他們仍不敢輕舉妄動，繼續蹲在儲藏塔後面。奎爾將戴維抱在膝蓋間，戴維把最後幾隻海燕捧在臂彎裡，像抱著全身起皺的小嬰兒。

因此奎爾親眼看到男孩如海星張開小手，肌膚在閃電下一片慘白。「我弄丟了！」戴維驚呼，開始扭動。「我掉了鐵手指！」

「沒關係。」

「不！不！那是鐵手指！有魔法！可是我弄丟了！我是守護者，卻弄丟了！」他開始四處拍打地面，神情恐慌驚駭瘋狂。

「小鬼，我們等一下再找。你躲好。」

「不行！不行！雨會把它沖走！我得找回來！」戴維爬開，離開小石塔的背風面，在一片漆黑的山上尋找一根魚鉤。

「戴維，過來。你現在馬上回來！」

那邊。閃電彷彿這麼說，刻意把閃耀的魔杖指向戰士岩，照亮雨水傾瀉的光裸崖面，上頭有一根彎曲的小鐵鉤。戴維滿心歡喜撲上去，撿起魚鉤，高高舉起勝利的拳頭給奎爾看。他張嘴開始大叫。

狂風帶著同樣的勝利喜悅，捲起戴維的身體，高高抬上空中，以至於短短一瞬間，他似乎長出了翅膀：捕鳥人變成了鳥。接著風把他摔上戰士岩，必然大聲極了：肌肉、骨頭和頭殼。然而，奎爾雙手雙膝著地跪著，看向再次暗下的黑夜，暴風雨的巨響摧毀了所有聲音。

奎爾臉朝下，肚子貼著石頭，動作跟上岸的海豹一樣笨拙。沒有光線輔助下，他蠕動爬過地面，探尋每個起伏和縫隙。每次閃電，他都以為眼前的路已燒進腦海，但一旦黑暗再次降臨，腦中的畫面又離他而去。他一度摸索尋找溝渠的遠側，然而下一次閃電亮起時，他卻發現下巴下方垂直墜向令人發暈的虛無。

他叫道：「我來了，戴維！我來了，小鬼！別動！」可是他幾乎聽不見自己的聲音，更別說別人的回應了。風灌滿他的外套，奮力拉扯，他差點感到自己飄了起來。

「我來了，戴維！待在原地！」

他的手摸到一隻男孩的靴子。他等了好久，閃電才照亮鞋子的主人。

戴維顯然沒有迎面撞上岩壁，除了鼻子和嘴巴流血，他臉上沒有擦撞的痕跡。他的雙腿與身體呈現不自然的角度，不過他落在（或滑進）一個淺坑，所以豺狼般的狂風無法把他拖到空曠處，吞噬獵物，只能吹亂男孩臉旁的長髮。可是淺坑積滿了水，戴維的體溫跟石板上的魚一樣。他必須暖起來，他必須擦乾身子，他必須躲進室內避難，他必須活下來。其他的結果都難以想像。

黑夜強化了暴風雨遮蔽一切的威力，天上沒有星星月亮，一閃而過的閃電像殺人犯的鬼魂在磨刀。奎爾帶著反胃苦澀的恨意心想：又是預兆。少了解讀預兆的智慧，預兆還有什麼用？預兆現在對戴維有什麼用？

他用右手臂把男孩的上半身抬出水坑，左手探進戴維的上衣，卻摸不到心跳。

「這隻手沒感覺了。」他對男孩說：「有時候睡覺壓到手臂，不是會喪失知覺嗎？你知道嗎？我這隻手沒感覺了。」

他評估暴風雨的狀況。風暴往西移動，但後頭拖著一陣大雨。冰冷雨水毫不停歇，彷彿要一路下到世界溶解。

「利用狂風之間的間歇。」他指示莫迪娜，「只要風勢漸緩，我們就得挪動他。」但搬東西莫迪娜幫不了多少忙。戴維實在好重，重得折磨人，連風都無法捲起奎爾，把他丟進地獄。他願意把戴維一路扛到小厝，但莫迪娜拒絕。她太累了，只能走到他們先前躲藏的第一個儲藏塔。或許是她摸到戴維腋下的脈搏，宣稱他還活著，奎爾不記得了。或者他在自欺欺人。他們合作之下總算抬起男孩，將他放進充滿風乾鳥兒魚臭味的儲藏塔。戴維占的空間不比一隻海燕多多少。路上他的腰帶斷了，掉了兩隻海燕。奎爾撕開鳥兒，把油倒在男孩身上，不是當作祝福，甚至不是當作藥。雖然鳥兒的羽毛冰冷，體內的油還是溫的，而戴維需要取暖。

他和莫迪娜．蓋洛維爬進去陪他，待了一整晚。整晚風都在石塔周圍潛行嚎叫，像狼群聞到腐肉。奎爾夢到他在自己的墳裡。

隔天早上，他和莫迪娜才得以把戴維扛到上層小厝。雖然暴風雨依舊肆虐，風勢倒變得沉悶微弱，日光也露臉了。前一天本來有稻草床墊等著他，可以當作床，但奎爾燒了床墊，不是嗎？還推倒了防風牆？都虧他愚蠢浪費的營火，洞穴內只剩地上發黑的汙漬，以及飛速吹過的冰冷穿堂風。

不過小厝並非空無一物。

一群海燕在洞穴裡面擠成一團。奎爾沒多想，就自動走進海燕之間，像採收胡蘿蔔的農夫拔起鳥兒，夾在腰帶下。他督促戴維和莫迪娜看守洞口，趕回試圖逃走的鳥兒。奎爾很氣惱他們幫不上忙，乾脆自己站在洞口，揮動外套毒打海燕。鳥兒很快便在洞穴內到處翻飛，跟營火一樣瘋狂，跟他的腦袋一樣瘋狂。「小鬼，今晚我們可以裝滿你媽媽的煮鍋！今晚可以吃大餐了，你看！」

有些鳥兒逃走，有些摔在地上。小厝內的動靜終於緩了下來，奎爾腦中的混亂也跟著平靜下來。

他把海燕的屍體緊密排成一排，將戴維放在上頭，吸取鳥兒的體溫。鳥兒因為受驚噴油，澆了兩個男孩一身。奎爾沒有燭芯能插進鳥兒體內，沒有針幫忙穿芯，沒有火種盒能把鳥變成油燈。就算有，他自己也會像海燕蠟燭燒起來。

戴維頭下的鳥兒染成了紅色，好像要變成知更鳥。或許是牠們甜言蜜語的小靈魂流出鐵鏽色的油，或是戴維後腦撞上岩壁流的血。奎爾改拿他的毛帽去墊，帽子也染出紅色的玫瑰圖案，彷彿戴維在睡夢中獲得了獎章。

「奎爾，我沒弄丟！」戴維張開眼睛，首次顯示他還活著。「我沒弄丟鐵手指，對吧？」他張開手掌。

「沒錯。」

他握得好緊，倒鉤都深深卡進手掌。

「我保管得很好，對吧？」

「沒錯，做得好，小鬼。」

「所以我可以繼續當守護者嗎？」

「直到你變成白髮蒼蒼的老人，鬍子長到膝蓋，每種魚的兩個名字都知道。」

戴維咯咯笑了。「我在想啊……我們也許可以用鐵手指招來鯨魚，載我們去赫塔島，就去照顧小狗。你覺得呢？」

「像鯨魚肚子裡的約拿？」

「坐在鯨魚上頭就好，別進肚子裡，太黑了。某些黑暗我還不怕，但……」

奎爾同意鯨魚肚子裡的黑也會考驗他的勇氣。那種黑充滿臭味，最可怕了。不過他注意到另一種更糟的黑暗正在挑戰戴維的勇氣極限。黎明的微光微微照亮小厝，但對戴維來說，一切仍籠罩在夜色中。

戴維重複道：「只是去照顧小狗，懂嗎？」

「什麼，然後我們又得回來？回到戰士岩？」

戴維說：「對，回來等船。」

「天使搭的船？唉呀，小鬼，我們不能在赫塔島等嗎？當然可以。我們在每個壁爐生火，讓煙囪日夜不斷排煙，天使非看到我們不可。你不同意嗎？」

戴維說：「媽媽的泥炭夠用就行。」他是家裡唯一的男生，至今還在擔心家計。

奎爾負擔起累到骨子裡的費勁工作，重新建起昨晚推倒的防風牆，擋住穿堂風。由於他脫下外套蓋著戴維，勞力活剛好替他取暖，也清空他的腦袋，省得胡思亂想。最好還是別閒下來，別表現得憂心忡忡，別像女生蹲在戴維身旁，輕聲安慰他，替他禱告，撫摸他的頭髮。有難的男孩不喜歡這樣吧？想要勇敢的男孩不喜歡這樣吧？

至少對戴維來說，船要來了。奎爾點了營火，所以菲利斯看到的船肯定會來。信心厚厚的黏在戴維身上，勝過鳥油、血、泥土和頭髮裡的岩屑。越過地平線上的廢墟，穿過高低起伏的海浪低谷，一艘白如信天翁的船載滿天使，很快就會來戰士岩，載捕鳥隊回家。

「你的大海雀召來暴風雨。媽媽跟我說，大海雀就是這樣，會帶來暴風雨。」他溫柔的告訴奎爾，甚至有些抱歉，深知痛苦的事實和鳥兒的背叛會惹朋友傷心。

「牠不是『我的』，只是一隻大海雀。」

一絲恐懼、一聲嗚咽、睜大的眼睛，暗示戴維試圖移動某個關節或四肢，卻發現他動不了。「奎爾，你會幫忙帶我上船嗎？等船來的時候？」

「我跟大夥都會幫忙，沒問題。」

室外的雨嘶聲嘲諷。巨大的獸爪高舉到天際，讓雲朵怪獸瞇眼看受困在尖端的兩個男孩？他們沒辦法爬下去。

戴維忽然想到一件事，用力抓住奎爾的手腕，露出純粹的恐懼。「你不會讓肯尼斯吃我吧？」

「吃你？」

「他說等食物吃完了，他會煮小鬼頭來吃！」

「噓，小朋友，噓。別聽那個蠢材亂放屁，他不會這麼做……你以為其他人會放任他嗎？我們都太喜歡你了……我跟你講一件事吧？之前莫多跟我上來的時候，我們找到鵰的羽毛，白尾海鵰。我們應該這麼做。我們應該抓六隻鵰，裝上轠繩，要牠們載我們去赫塔島，先去看小狗，再去找白船。」

戴維懷疑的說：「去年夏天有一隻鵰搶走我們的小羊。」

「那又怎樣？表示牠們欠我們人情！」奎爾口氣愉快，彷彿跟海鵰的協定都談好了。

戴維問道：「蓋洛維小姐還在這兒嗎？」

奎爾的心差點跳出來。他手中的石頭摔過防風牆，滾到洞口外。他掌根的水泡破了，朝掌心流出眼淚。「要我請她走嗎？」

「不要！我喜歡她。我死掉的時候，在墳裡的時候？她摸了我的頭髮。我假裝她是媽媽。」顯然在儲藏塔裡漫長駭人的晚上，戴維都有意識……忽醒忽睡……一陣一陣……從頭到尾嗎？奎爾走去跪在小鳥床墊旁，弓起背，額頭抵著石頭，雙臂平伸在地上。

他懇求岩柱戰士保護所有基爾達男子的生命。他向拿皺地圖吵個不停的天使禱告，希望他們轉身來救援。他向戴維受傷的背下墊的靈鳥禱告，請牠們別吸走他身上的靈魂，別像吸走海水飛沫中隱形的昆蟲。他向莫迪娜禱告，請她過來提示他那首有關船的歌詞。他向下方的菲利斯和東諾・唐禱告，請他們忽視大雨，爬來上層小厝，解救他脫離難忍的守夜。他向上帝禱告，希望能變得勇敢，即使只有戴維一半勇敢也好。他向去聖殿參加週日禮拜的所有人禱告，請他們記起送去戰士岩的捕鳥隊，別忘了帶他們回家。他向菲爾納・莫的鬼魂禱告，好學習憐憫，他向深海裡的鯨魚禱告，以尋求協助。

但只有莫迪娜來了。

他坐起身，盤起腿，撫摸戴維的頭髮。首先他唱道：

大海深深，我無法橫越，
也沒有翅膀帶我飛。
給我一艘載兩個人的船……

稍後他問道：「你想聽故事嗎？」

「島主的侍從和油球的故事嗎？」

「不過你要相信我說的是事實，一句不假。島主的侍從碰上大浪，搞得肚子不舒服。他自以為是，想用北鰹鳥油做的蛋糕來平息惡浪。」

「船員說：『別這樣！別這樣！』

「大副說：『別這樣！別這樣，先生！』

「『別這樣！別這樣！』船長說：『你沒看到有東西游過嗎？』

「可是侍從以為他們只是想瓜分蛋糕。他把油球綁在繩子上，丟過船尾，撲通一聲落水。喔，快問我，大海有平息下來嗎？」

「奎爾，大海有平息下來嗎？」

「小鬼，海面變得跟池塘一樣平靜，船也不再晃動了。魚群爭先恐後游過來啃食油球，大夥趁機好好捕獵一番……可是接著來了另一隻。這隻身形巨大，旁邊的大鯊魚相較之下看起來像小鰮。牠先把鼻子湊過來聞一聞，瞇著眼睛，張大嘴巴。後頭接著出現十二噸的身體，最後的尾巴跟國王的船錨一樣大！原來鯨魚聞到北鰹鳥油球的味道，游過來吃了！」

戴維咯咯笑了一聲，沒有張開眼睛。他的身體放鬆，稍稍伸展，雙手向外攤。魚鉤卡在他小小的手掌裡，清晰可見。奎爾繼續撫摸他的頭髮。「侍從升起船帆，拚命加速，瞬間老了三十歲，頭髮都嚇白了！鯨魚一路追他，追到往奧克尼群島的半路上，他才想到砍斷繩索，讓怪獸吃小點心。你知道嗎？那天以來，島主的侍從再也不替靴子上油，就怕鯨魚聞到味道，跑來猛撞他的窗戶。」

洞口外的風控制降雨的形狀，反覆塑造出巨大人形經過的身影：身穿航海長披風的水手，或穿藍洋裝披紅披肩的女人。

奎爾從戴維手中拔起魚鉤的倒刺。男孩絲毫沒感到痛。

第十七章

儀式

每當赫塔島上有人過世，哭聲會響徹全島。工作停止，娛樂停止，一切都停止了。每個人回家，為生命消逝感到消沉。

奎爾走到室外的雨中，高聲哭喊。菲爾納．莫眼看船開走，拋下他自生自滅時，必然也發出同樣的聲音。這不是叫聲，而是更古老的聲響，那時動物之間沒有位階之分，人和狼都會朝月亮嚎叫。連雨都認出這個聲音，停了下來。

在下方的中層小厝，大人和孩子終於可以出外尋找暴風雨中失蹤的兩人。他們分散在戰士岩兩側，大叫吹哨，彷彿在叫不聽話的牧羊犬跟上。沒有人看到壯麗的信號火焰燒向天際：奎爾半分鐘的勝利。

不過莫多知道奎爾要去哪兒，他要去凱恩的隱居處找《聖經》紙頁。因此莫多第一個爬到聽見上層小厝的聲音，第一個聽聞戴維過世的消息。

他當下就轉身回頭。

奎爾大叫：「老兄，你要去哪兒？你不幫我嗎？」

但莫多無法忍受看到死掉的男孩，更別說碰了。況且戴維過世引發的恐懼很快令他想到：死的可能是他。如果他同意跟奎爾爬去上層小厝，可能就是他死了躺在地上。莫多怪罪的對象變了，不是暴風雨害死戴維，而是奎爾。

奎爾比他想得更多。如果他沒有封戴維當「守護者」，捏造愚蠢的遊戲，變出有荒謬魔法的魚鉤，或者如果他聽從戴維的建議，去捕魚找預兆就好……放逐他都還有過之而無不及。

肯尼斯一路爬來上層小厝，因為「除了躺在床上的老人」，他沒看過死人。但眼前的景象扼殺了他的好奇心，他假裝實際狀況不如他期望的可怕。他一看到屍體下的鳥兒，便急忙把鳥抽出來，將鳥頭塞進腰帶，準備爬下去。他等不及趕快離開了。

東諾．唐帶來繩索，巧妙的把屍體綁在背後背起來，如同以往背過許多受傷的捕鳥人。他把斷掉的手臂綑在胸前，以免用那隻手去碰、抓、拉東西，因此看來像同時帶著小嬰兒和小孩。他和奎爾往下爬時，喉頭發出古怪不完全的噪音，可能是因為難過、疲憊或疼痛。他的臉宛如石頭雕刻，無法判別表情。

「先生，有船經過嗎？」奎爾哀求道：「你覺得對方看到我們了嗎？你覺得有船經過嗎？」然而唐不再相信菲利斯的描述。即使真的有船經過，也沒有其他人看到，或者船跟鯨魚一樣路過，沒有注意到劫後餘生的這群人。他的沉默證明戴維的死白費了，沒有達到有用的目的。

回到中層小厝後，大家請約翰負責傳統中必要的啜泣和慟哭，因為這項習俗女生做起來比男生厲害多了。但約翰大半輩子都在壓抑女孩的本能，要她大哭並不容易。

沒有人阻止尤恩花一小時大聲的睿智禱告。

在赫塔島，男人會開始準備裹屍布，或某種棺材。他們會用各種找得到的材料：地毯、漂流木、毛毯……可是在戰士岩，連活人幾乎都無法遮蔽身子避寒，哪裡找得到這些材料？奎爾想到可以把繩索繞呀繞捲成圈圈，將邊緣對齊縫起來，變成兩個扇貝狀的外殼：有罩子的搖籃，鋪上柔軟的白皮革。

但繩索守護者莫多嫌奎爾蠢，罵他不尊重別人的財產。這個主意因為浪費重要設備，遭到否決。

依照習俗，他們應該抓其中一人家中的羊，殺了烤來在葬禮餐宴上吃。但這裡沒有羊。

唐說：「回家後還有時間。」但奎爾知道戴維擔心家人的生計，便脫口說少了一隻羊，「戴維的母親會過得非常辛苦」。

菲利斯怒吼：「那就殺我家的羊吧。」屍體已清洗乾淨，藍白色的赤裸身子正確擺好。菲利斯爬過去，將戴維抱在懷裡，一面搖晃，一面哭泣，嘴裡說的不是戴維的名字，而是他兩位女兒的名字。大家都撇過頭。

等到下午，烤羊肉香倒是從博雷島飄來，正好配合葬禮的習俗。然而這只代表柯爾・凱恩撐過了暴風雨。年幼男孩立刻堅持葬禮餐宴要用海燕的油煮鳥肉來吃。在煮肉的時候，他們從戴維那疊衣服裡偷拿東西，畢竟他再也不需要了。

尤恩仍在嚷嚷「死者必然確實會復活」，但在戰士岩沒什麼必然確實會發生：只有酷寒、飢餓、擦傷、瘀青、狂風、大海和死亡。

幸好卡倫知道許多輓歌，可在入夜後演唱。記憶守護者奈爾記得戴維在赫塔島做過的小善事，以及他多麼照顧母親。奎爾補充戴維本人點燃了信號火焰，大家聽了發出真心讚嘆的驚呼。雖然卡倫難以把他的英雄事蹟唱成歌，東諾・唐倒是有了足夠事例，可以發表演講，讚揚「優秀勇敢的男孩」回歸上帝懷抱。所有人都喃喃同意上帝會很樂意接納戴維，天使也會普天同慶（雖然目前為止上帝和天使都沒出手幫忙）。

國會開始討論如何處理屍體，奎爾才意識到他去上層小厝時，沒有檢查洞穴裡有沒有《聖經》紙頁。

也沒有查看天上是否有海鵰能載男孩回家。

他們應該要守喪三天，但大家身心都無法承受。於是隔天菲利斯把赤裸的小屍體扛到登陸點，還挺得住的幾個人跟在後頭。

猛烈的暴風雨把戰士岩周遭的海草攪成亮橘色的浮垢，塞滿海灣，雖然看似柔軟，摸起來卻像黏液，令人很難站穩。因此他們沒有舉行儀式，只匆匆放下屍體，等待第七道海浪把他帶走。他們稱之為「水手的葬禮」，即使沒有人親眼看過。尤恩或許知道所有該說的話，但他沒有下來。沒有人怪他：他的經驗使他非常害怕下到海灣，看大浪把孩子的屍體拖下海。

奎爾滑行到屍體旁，假裝要把四肢擺成更有尊嚴的躺臥姿勢，實際上卻把彎釘子魚鉤塞回僵硬的小手中。「七倍保佑我們的朋友戴維，以及必要時的堅固繩索。」他大聲說完，朝莫多露出憤怒的責備眼神。戴維需要繩索做棺材，莫多卻不願給他。

「繩索是給活人用的，不是死人。」莫多轉過身，往中層走去。

奎爾叫道：「肯尼斯，你可以過來嗎？」雖然屍體令他反胃，在其他人的注目下，肯尼斯只得踉蹌走過橘色黏液。「你看這裡？」奎爾指向戴維的胸口。「仔細看。」肯尼斯蹲下來，撇開臉躲著屍體。奎爾輕易抓住他後腦的頭髮，猛力把肯尼斯的頭撞上戴維的肚子。

「吃吧。」他嘶吼道：「吃吧，你這隻蛤仔。你說你會從小鬼頭吃起，你忘了嗎？沒食物的時候，你忘了嗎？你會從小鬼頭吃起。什麼？你不記得了？戴維記得，戴維記得清清楚楚。他死的時候，腦袋裡都還是你的話。他一直好好記著，不斷思索猜想：哪天我醒來，肯尼斯是否會割了我的喉嚨，把我切成一塊一塊？他死的時候還擔心你會煮了他，吃掉他的屍體，一邊大笑。阿肯，你現在笑得出來嗎？你為什麼不吃一口呢？」

肯尼斯掙脫開來，奎爾手裡因而扯下一撮他的頭髮。他滑到一旁，用袖子把臉擦了一遍又一遍，不斷刷嘴巴，大聲咒罵。其餘看到的男孩也把袖子湊到脣邊，彷彿他們也感到那個泛藍冰冷的強迫之吻。

只有奎爾留下來看大海帶走戴維。天氣非常冷。好長一段時間，海浪似乎對男孩沒有興趣，只借給他橘色浮垢當裹屍布。接著第七道（還是第十七道？）海浪湧起，遠遠超過其他浪頭，高高沖上峭壁，噴出冰冷的水沫。海浪把戴維翻了又翻，像戰場上的小偷，最後找不到有價值的東西，又把他丟到離岸的一堆凌亂石頭上。

奎爾背靠著峭壁坐下。他似乎讓戴維失望了太多次。既然他的母親不在這兒，無法坐著陪兒子兩天兩夜，他會代替她，就算冰雹、大雪、海怪或磅礴大海襲來都不退縮。讓所有的第九道海浪端來絕望吧：他已欣然吞下他的份。讓他的朋友背著他悄聲說：

「……要不是奎爾帶他上去頂峰……」

讓他們飽食他和戴維捕捉的海燕，不要顧忌而害明天餓肚子。在赫塔島，他們省吃儉用，好讓存糧撐過冬天幾個月，或替未知的難關做準備。不過在這兒，現在吃淨最後一隻鳥吧。最後一滴油已燒完，海況又太差，無法手持釣魚線捕魚。所以何必拖延無法避免的後果？不用多久，他們都會跟戴維去同個地方，只是大人選擇不在年幼的男孩面前說罷了。

整晚他坐在那兒，寒氣撕開他身體的接縫，宛如縫隙中的水結冰膨脹，撐破石頭變成碎片。寒氣溜進他的頭，鑽進他的胸口，齧咬他的雙手，卻無法制服他，或逼他哭鼻子躲回小厝。發燒幫了不少忙，用一股股體內的高熱抵禦寒風。

他搆不到戴維在石頭上的屍體，看來海浪也沒辦法。最終夜色將大海妝點成默哀的黑色，隱蔽了戴維。

微亮的清晨到來，跟夢境一樣不真實。屍體不見了。海潮、半魚人、一群藍綠人，或者白船終於偷偷靠近，接過了禮物。戴維彷彿不曾存在。參差的光拍打奎爾的臉。飢餓早在他的視野磨出洞來，他在屍體原先的位置看到一抹白色時，以為只是同樣的症狀，或自己一廂情願。

「你看，奎爾，你看！」莫迪娜從他夢境的盡頭開口。

據說白色的靈鳥會在好人的屍體上盤旋。在赫塔島，鄰居會仔細查看瀕死之人的小屋屋脊，從窗外大喊安慰的話：「阿格妮絲，上頭有一隻靈鳥！妳先生的靈魂能安息了！」他看過島民大喊謊話，也許是出自善心，或是自以為看到他們冀望的景象。奎爾不會自欺欺人。鳥兒都離開戰士岩了，奎爾再也不相信預兆。

「你看，奎爾，你看！」

莫迪娜也對預兆或跡象不感興趣。她說過人在上帝的協助下，能創造自己的運氣。然而現在她對他說……

「老兄，看那隻鳥！」沒道理。他不想看：他的頭好痛，血流因為發熱而鼓動。

菲利斯說她是女巫。他沒說錯吧？奎爾變出她來，在黑暗邪惡的時刻變出她來，不是嗎？她在他心中填滿渴望，他永遠不可能滿足。她蠱惑了他。

「不！你沒在看！你看，奎爾！」

靈魂離開身體時，靈鳥會消失，至少鄉野傳說是這麼說的。奎爾的眼睛緊盯著牠拍動的翅膀，只為了推翻謊言。他拒絕相信鳥兒來帶戴維的靈魂去天堂。那只是一隻鳥，不會神奇的消失。況且鳥兒甚至不是白色，而是黑白相間。他命令眼瞼不准眨，純粹為了證明他不是傻瓜。

「你看，奎爾！你看那是什麼！」但奎爾發誓要抗拒腦中海女巫的所有新誘惑。

果然，鳥兒證明他沒錯。牠沒有消失，反而搖搖晃晃敏捷的飛過他頭上，大腳晃過他眼前，接著拍拍翅膀飛走，消失在上方的懸崖後頭。

什麼？牠做了什麼？

奎爾跳起來，在橘色黏液上滑了一跤，雙手雙膝著地。他匆忙爬離登陸點，攀上岩面，早已累得喘不過氣。他睡著時，寒意烏鴉一定停在他胸口，開始啄掉肋骨間的光亮，因為，沒錯，呼吸真困難啊。

永遠都在攀岩，緊抓著石壁！他多久沒有走在平地上了？他多久沒有走在草地或沙灘上，多久沒有挖土、加速奔跑、騎小馬了？沒有，他總是爬著抓著垂直的岩壁，像小屋牆上的蒼蠅。假如他能回家，他發誓再也不要離開地平面了。

中層小厝地上散落吃完的海燕殘骸。有一隻插上燭芯，點燃照亮環境，但火焰守護者吃完難得的晚餐後睡著，蠟燭便熄滅了。大家都在睡覺。奎爾盡可能大聲喊叫。

「預兆！我看到預兆……但又不是……預兆。我是說……因為牠不是靈鳥……」他的肋骨痛得無法呼吸，他用手壓著，雙手感到肋骨像手風琴伸縮。「……因為牠沒有消失，而且離我這麼近……我發誓這麼近！那隻鳥是真的！」

他們睡眼惺忪看著他。他想坐在柔軟的守護者寶座上，但卡倫癱躺在上頭，臉朝下繼續睡著。「海鴉！」奎爾啞聲叫道：「海鴉飛來了！」

牆上畫的記號和唐囤積的海鸚腳都顯示還有好幾週才是二月。吃完了最後一隻鳥，燒乾了最後一滴油，海況又太糟……一切都擺明了戰士岩上的捕鳥隊準備要餓肚子了。

但鳥兒遵守的日曆更準。每到秋天，各個品種的鳥會一一飛向大海；每到春天，各個品種的鳥又會一一飛回來。海鴉總是搶第一，在清晨前偷偷回到岸上，像偷渡客溜上乾燥的土地。海鴉一心準備交配，要返回戰士岩了！

第十八章

春日狂熱

海鴉是簡單的鳥，身上穿著黑白兩色，思考方式也是非黑即白。看到白色，牠就想到……天知道牠想到什麼？……一群海鴉同伴，還是能掩飾牠的棲息處？牠會追尋白色。

捕鳥隊拿來守護者寶座，倒掉裡頭的羽毛（他們只要袋子），用找得到的鳥糞盡可能弄白布料。

肯尼斯想當石頭王，但他的腳不舒服。他從鞋底拔起鞋幫，寒氣傷到腳趾了。菲利斯說他非當石頭王不可……可是袋子不夠大，蓋不住成人。莫多長得跟大人一樣高，同樣不適合。拉赫倫說既然現在奎爾封他為北鰹鳥王，他才應該當石頭王……但他也知道自己無法坐定不動。

奎爾想要這份工作，畢竟第一隻海鴉可是飛過他的頭。可是他的頭皮下燒著高燒，肺部灌滿熔融的鉛，雙手動作笨拙緩慢。菲利斯說除非他康復，否則不准離開洞穴。奎爾燒得太厲害，無法理解：他以為大家懷疑他的話，認定海鴉只是幻象，就像那艘船或莫迪娜，所以他們哪兒都不去。他拚命抗議。

不過工作落到了卡倫頭上。在月色照耀下，他蹲在垂懸石上，把弄白的袋子罩在身上，跟……好吧……石頭一樣坐定。

奎爾再次墜入高熱的夢境。他心想：「為什麼我沒想到拿袋子當戴維的裹屍布？」

莫迪娜在他腦中說，因為袋子注定要用在現在。

海鴉是簡單的鳥，思考方式非黑即白。假如有人躲在白布下，像石頭動也不動，在海上過完冬的鳥兒會一隻隻飛來停在他上面。抓住鳥兒需要魔術，一點巧妙的手法。鳥兒著地收起雜色翅膀後，一隻手會從白布下偷偷伸出來，抓住一隻鳥的脖子。其他鳥兒只會繼續著陸，根本不會注意到一瞬間的顫動，或稍早還活著的鳥兒死了。誰會料到同樣的招數能騙倒這麼多鳥兒？但就是會呢。

等到最後，卡倫都扯起嗓子高聲唱歌，冷到聲音顫抖。

海鴉層層降落在他兩側，更是加強了棲息地的錯覺，使更多鳥兒從破曉前幽暗的天空展翅飛來。

直到冬陽的頂緣從海面升起，不斷降落的海鴉才在石頭前剎車，轉頭飛走，擔心直射的日光會向敵人暴露牠們的位子。鳥兒飛離時，沒有注意到卡倫兩側疊了五十隻鳥類屍體。

於是捕鳥隊又有東西吃了。他們能繼續抓住生命，宛如抓著戰士岩，偶爾懷疑是否該放手屈服，然後逃走，像鳥兒飛向大海，再也不返回陸地。然而男孩天性好強，每個人都堅決要抓緊生命，撐著不想輸給其他人，不願意第一個放棄。況且春天到了，從浪頭到山頂，春天會在所有生物心中激起希望。他們飽食海鴉（肉跟皮革一樣硬，跟大海一樣鹹），精神也忍不住變好了。

海鴉也在歡慶春天。只要不是自己或孩子喪命，牠們幾乎不會注意到同伴死去。當然，邪惡的黑背鷗和偷羊的鵰也浮現生機。牠們也在某處跟伴侶碰撞鳥喙，希望產下牠們最渴望的珍寶：裝在蛋裡的永生。

「問她。」奎爾說了第五次：「直接問她就好。」但莫多不想聽他建議。況且他確實在準備，要鼓起勇氣請約翰當他的情人，只是找不到好時機。

肯尼斯和國會從他手中搶走了決定權。

有一天，約翰第一個回到中層。肯尼斯一整天都在室內偷懶，這時抓住她的腰，主動出擊：「如果別人不願意，我可以跟妳做。」她揍了他的耳朵。

約翰對肯尼斯的求愛太過反感，竟向國會請願，想把他縫進白袋子，丟到海裡。雖然許多人投票支持，但國會表示不能浪費袋子。

卡倫和藹的說：「不過約翰也十四多歲了，她確實需要丈夫。」

「才不用，我要丈夫做什麼？」她抗議道：「我是男生。我媽媽這麼說，我也覺得很適當。」

「依照規定，女生不能在國會發言。」尤恩的話毫無幫助。

「我覺得……」拉赫倫開口說：「我們應該再檢查一次，看她是不是真的……」

東諾．唐說：「小鬼，你腦袋裝的點子都不值一提。」但卡倫說得對：約翰年滿十四，到了適婚年齡，他們無法永遠忽略這個問題。想在惹出麻煩前擺平問題，是否該將她許配給某人？

肯尼斯意識到他壞了自己的機會，便決定出手破壞對手的機會。他說奈爾個子太小，約翰那麼高大，小男孩「根本爬不上去，更別說把蛋放進巢裡了」！

（肯尼斯說）尤恩早就跟上帝結婚了。

（肯尼斯說）奎爾眼中只有女巫莫迪娜・蓋洛維。

（肯尼斯說）拉赫倫是廢渣，連他的爸媽都無法愛他。

肯尼斯每次出口損人，菲利斯便朝他大叫，或者唐會伸手打他。然而肯尼斯只是訕笑說他們身為已婚男子，還想追求約翰，應該感到羞恥。

其實提到結婚，奈爾嚇得要命。他甚至記不得要稱呼約翰是女生，並依然懷疑她不是女生。出於騎士精神，拉赫倫表示願意，臉上表情卻顯示他寧可吃砒霜也不要結婚。

肯尼斯對尤恩和上帝的判斷沒錯。尤恩對世俗（或肉體）的愛毫無需求。高燒把奎爾籠罩在煙霧般的恍惚中，害他咳嗽，蒙蔽他的思緒。他試著專心聽國會辯論，多年後才能在故事中重述，但到頭來他只能宣告放棄。讓記憶守護者做記錄吧，奈爾比他敏銳精準多了。

約翰坐著，身後洞穴上的汙痕曾是她的節慶皇冠。她粗糙發紅的手藏在大腿下。成為注意焦點令她憤怒又興奮，她時不時瞥向奎爾，微微一笑。

莫多雙手緊絞帽子，走向約翰。低矮的洞頂逼他垂下頭，看起來剛好像苦惱的求愛者。「小姐，我倍感榮幸。」他才說完，肯尼斯馬上假笑起來，倒在地上滾來滾去。

「你？你叫我妓女和蕩婦耶！」約翰尖叫，拿鳥兒的腿骨丟向莫多。她的話在洞穴中反彈，回聲擊中他的後頸；他必須扶著洞頂穩住身體。約翰恢復平靜後坐回原位，直接問奎爾怎麼想。

「我想，如果我能離開這兒，我會前往世上最平的田地，那裡一點起伏都沒有，泥炭有六個鏟子深，冬天只有兩天。而且那裡有熊，我想看看熊。如果妳問我，莫多是優秀又穩定的男人。」

即使奎爾的回答很誠實，在約翰看來，他顯然很多重要的事都沒說。她低頭看著大腿，抽抽鼻子。

東諾．唐希望速戰速決，便問了約翰幾個他希望有用的問題：「妳說說看，妳喜歡男生的哪些特質？捕鳥的技巧？教育程度？喜歡上教堂之類？」

「你問她做什麼？」肯尼斯打斷他：「我們應該輪流占有她。我排今天晚上，明天換卡倫。」

菲利斯先生跪著爬過地面，跟狗一樣凶猛。「你這個好色的混蛋！我有女兒！約翰不是等著交配的羊！她是阿格妮絲．吉利斯的女兒！」

但肯尼斯因為惡作劇開心得飄飄然。「先生，你想看可以，但不能參加，因為你已經結婚了。」

約翰緊抱膝蓋，把臉藏起來，希望變得隱形。一堆鳥骨頭飛向肯尼斯，但他似乎毫不在意。他說的話比任何人都下流，但他也自認現場他最高大、最有男子氣概，因此該由他掌權。

莫多沒起身，直接踢向肯尼斯身上他唯一搆得到的部位，結果只掃過靴子鞋底。但他很滿意肯尼斯竟像黑背鷗厲聲尖叫，還叫個不停。所有人都退縮遠離噪音來源，直盯著他，試圖猜測他又在耍什麼詭計。

然而肯尼斯沒有停止尖叫。

隔著高燒的迷霧，奎爾覺得聲音彷彿來自快兩公里外，卻伴隨一種味道。他很好奇汗水和少量的鼻涕都順著臉和脖子往下滴，這股氣味卻往上爬，竄進鼻孔，進入腦袋，還伴隨索厄島羊群的畫面，特別是牠們潰爛長蟲的粗短尾巴。「他潰爛了，」他說：「肯尼斯的腳潰爛了。」他隱約意識到這句話聽起來很無情，但他腦中沒有空間留給同情，只剩惡臭和肯尼斯痛苦的尖叫。況且他聲音太小，沒有人聽見。「腳，腳。」他提高音量說：「他的腳不行了。」隨後一陣咳嗽害他說不出話。

沒錯，肯尼斯的指頭敗給了凍瘡。他死命抵抗，不准大家脫掉他的靴子，還罵他們是小偷（還有更糟的惡名）。他用手肘撐著身體往後滑，退到小厝的低矮壁凹，但大夥抓住他的腳踝，把他拖出來。幾個男孩壓在他身上，年幼的孩子不懂為什麼，年長的男孩則提醒自己以往受過惡霸多少折磨。

他們的無知和惡意都持續不久。脫掉靴子後，大家可以看到肯尼斯的腳病態壞死。當唐拿來他破舊的刀，在牆上磨起短刀刃，他們只感到恐懼和憐憫。唐把磨尖的刀刃湊到燭火旁，含油的煤灰把刀都染黑了。他只能單手工作，開始從肯尼斯長滿凍瘡的腳砍下指頭。

尤恩站在一旁，嘰哩咕嚕胡亂拋出各種禱詞，接著便跑出去吐。

可是切完第一刀後，唐拋下刀子，拿起腳拇指，丟給洞穴另一端的菲利斯。

「我的手不夠用，換你來。」

菲利斯立刻舒展身子，臉上肌肉因為反胃而僵硬。不過他沒有出言抗議或找藉口，只說：「我知道了。」他一直在跟自己的良知奮鬥，就像肯尼斯不斷反抗折磨他的人。菲利斯爬過地面，接過東諾．唐的刀子，完成截肢的工作。含鹽的淚水正好從他的上唇滴下，落在肯尼斯腐爛的灰色腳上。

拉赫倫覺得讓病人知道手術進程或許有幫助——「三隻，四隻……」——肯尼斯才能看到終點：「六隻，七隻，八隻……」

結果一點幫助也沒有。肯尼斯發出各種咒罵喊聲，就像惡魔從附身的人身上竄出，同樣令人不寒而慄。冰雪仍經常覆蓋戰士岩，大家都知道凍瘡也可能找上自己，他們也可能失去腳趾、手指、鼻子、耳朵……

奎爾彷彿透過望遠鏡或悠長陰暗的走廊，觀看這駭人的儀式。他心想腋下不斷冒出的汗一定是血，因為現在他也聞到血味了。他聽見大家討論是否要拿白布做繃帶，但最後決定不要，因為布塗滿鳥糞，而且袋子仍需要用來抓海鴉。他們決定用唐先生的懸帶，畢竟他的手臂骨不會復原得更好了。包紮前，菲利斯用最後一滴暴風護油消毒肯尼斯殘缺的腳。尤恩從小厝外的平台回來，看到他的舉動，點頭表示讚賞。他說：「耶穌用膏油替門徒洗腳。」

「尤恩，你閉嘴啦。」約翰頂著一頭油膩的頭髮說：「把腳趾撿起來，丟去門外。」

「我做不到！」

「那就閉嘴。」她起身自己去處理。

那天他們沒有再談結婚的話題。

卡倫和莫多永遠知道約翰在哪兒，到處跟著她，像發情的狗，只不過他們營養不良又長滿蝨子，皮膚癢比心頭癢還難受。約翰甚至放下心來，開始享受他們的關注。下次國會開會時，又提起結婚的話題，但東諾．唐直接打斷討論，並宣布：「約翰會回去考慮，到時候再告訴我們她的決定……」

約翰憤怒驚呼，跪起身子，開始擦掉牆上畫的節慶后冠。

唐說：「……等我們回到赫塔島後。」

約翰再次重重坐下，動作堅決，不容質疑，大腿互碰發出巨大的聲響。

第十九章 怪獸

菲利斯先生突然問：「奈爾在哪裡？」

他第一次問的時候沒造成多少騷動：奈爾老是肚子餓，總會準時回來吃每天的一餐。

等到黃昏奈爾還沒回來，唐走出小厝，大吼他的名字。如同拾荒者把找到的食材貢獻給煮鍋，他們要求每個男孩說出最後一次看到奈爾的時間跟地點，卻沒多少效果。大家光撐過每一天就筋疲力盡，導致每個人作繭自縛，不再注意周遭的事物。

他們搜過室外平台和中層小厝附近熟悉的岩壁，但直到天色變得太暗，他們仍找不到人，只好等到隔天早上。

最近他們又開始蒐集碎木塊和漂流木，準備打造第二艘木筏，奈爾極有可能下去海岸邊尋找碎木。或者他可能在下層小厝，奈爾知道怎麼過去，如果……如果有什麼阻止他回來中層，他會去那裡避難。奎爾握緊左拳，伸長手臂舉到頭上。現在只有即將下雨或吹起東風時，他的鎖骨才會痛。傷口都會復原，必要時也能忽略發燒。戴維和肯尼斯那種傷勢當然不同，但奈爾遲回不盡然表示他受了重傷，不代表他受了永久、長遠、無可救藥的……明天早上日光升起後，他會馬上開始找人。

沒了海燕蠟燭，夜間洞穴裡一片漆黑，但奎爾極熟悉夜晚的聲音，知道那晚只有肯尼斯睡著，因為他的鼾聲很獨特。肯尼斯憤怒又孤寂：現在他能睡上好幾天、好幾週、好幾個月……也許在夢中，他又能攀岩了，能走上村子後方的小丘，跟赫塔島每個女孩同床。是肯尼斯冊封奎爾當故事守護者。

奎爾腦中一個故事都不剩，沒辦法安慰肯尼斯，沒辦法解釋奈爾怎麼了。或許肺病溶掉了故事，或故事化作蒸氣飄走了。

「莫迪娜，他在哪裡？奈爾在哪裡？」沒有人回答。

隔天早上，菲利斯、唐和五個男孩帶著僅剩的一條好繩索出發。每個人都得出同樣的結論：

「我建議往下找。」

「奎爾的小厝，沒錯。」

「他一定在那兒。」

奎爾說這樣的話，他要去搜尋其他的海灣和長長的海岸。

「不行，小子你要待在這兒。」菲利斯說：「你的燒還沒退。肯尼斯如果需要幫忙，你也可以照顧他。」

於是他們倆坐在洞穴裡，聽其他人爬下戰士岩，沿路呼叫奈爾的名字。

肯尼斯平躺在地上，盯著洞頂。奎爾以為他一如往常睡著了，直到他說：「他們應該分開搜索更廣的範圍。」

「沒錯。」奎爾同意，「他可能在木筏灣，可能在任何地方。」

「那你就去吧，去找他。」

奎爾照做了。他太擔心奈爾，竟把高燒像船帆捲起來藏在肋骨下方，以便在尋人途中用來暖身。「你沒問題嗎？」

「你就去吧，好嗎？」

出了洞口，他跟其他人轉向相反方向。有些平台能看到戰士岩兩側更寬廣的角度，因此他決定保持同樣高度，盡可能繞著戰士岩轉，規律的往上往下看。他仍每分鐘期待聽到喜悅的歡呼，表示其他人發現奈爾平安無事。

大海很快便蓋掉其餘的聲音。風向與浪潮逆向，空中不斷噴起浪頭的水沫，即使他爬得很高，天空仍下著鹹鹹的海水。不過奎爾可以清楚看見三隻象鮫的陰暗身影往南游過李岩。他的視線模糊了一會兒，才重新聚焦。

海浪從甲板沖掉水手，從沿岸石頭上抓走漁夫，接收孩子的屍體後，他們會怎麼樣呢？下方鯊魚那樣的怪獸會吞噬他們嗎？還是大海會把他們沖上異地的海岸？他們會像鹽溶化，替大海增添滋味嗎？還是他們只會在浪中翻滾，給飛累休息的海鳥踩在腳下？

假如有翅膀，奎爾可以在半小時內環繞戰士岩，用木鑽般銳利的鳥兒眼睛，看清每塊岩面上的每個角落和縫隙。戴維，奈爾在哪裡？他跟你在一起嗎？

到頭來仍是大海雀幫了他。牠依然孤獨的身影出現在水邊，跌跌撞撞走在水淹一半的石板上，巨大鳥喙夾著一隻掙扎的活魚。牠像喝醉的水手左右搖晃，每回海浪的水沫澆上牠的身體，牠便停頓一下。即使他從未爬過這片岩壁（或許岩面根本無法一路爬到底下），詭異的景象仍將他不由自主引向岸邊。他的雙手感覺像二手貨，不太貼合身體，也磨損得差不多了。他馬上就累了。他想盯著大海雀不放，但他必須專注尋找地方立足抓手。下一次他在攀岩途中停下來，轉身面對大海，大海雀已經不見了。

但他看到了奈爾。

奈爾看似只是站著自言自語，但仔細觀察後，他雙腿的下半部其實卡在兩塊石板間的縫隙裡。每道打上岸的海浪都湧進縫隙，在他的臀部周圍冒泡，最高的浪頭則會完全淹沒他。他像瓶子裡的蠟燭，卡在那兒站了一天一夜，在月亮殘酷的注視下，每幾秒便遭到大海毒打。

他見到奎爾似乎既不驚訝，也沒有如釋重負。不過這一天一夜中，他已見識了許多其他異象。

奎爾說：「我馬上救你出來。」

奈爾的頭髮和衣服沾滿了看似凝固的食物。或許太多鹽水灌下奈爾的喉嚨，害他把一整週的食物都吐出來了。不過假若如此，他最近顯然暴飲暴食。

「馬上就好，跟羊搖尾巴一樣快。」

奈爾說：「她想要我的頭。」他的聲音雖然因為呼救而沙啞，現在聽起來倒一派輕鬆。

「你就說不能給她……誰？」

「女巫。」

「女巫？什麼女巫？你是說莫迪娜嗎？」

一道大浪打碎在他們身上，奎爾試著護住奈爾，但連他也被沖倒在地。奈爾的肌膚跟戴維的屍體一樣冰冷，整個人確實也散發靈界的氛圍。不過他渾身的臭味是魚腥味，不是腐臭。

「我救你脫身吧？」

奈爾說：「藍綠人來過了。」雖然他的牙齒不住打顫，口氣仍就事論事。

「是嗎？」

「我問他們願不願意幫我，但他們只是一直笑。大哥，他們的臉好可怕，近看好可怕。」

海浪從裂口退去，發出嘲諷的偷笑。

奎爾問道：「老兄，你是下來找漂流木嗎？」他試著從縫隙中抬起奈爾的身體，感覺就像試圖拔起墓碑：他的雙腳都卡死了。

「戰士岩下面住了一隻海鰻，牠想要我的腳趾，但我不是穿了靴子嗎？大哥？我穿了靴子。這隻海鰻啊，牠嘗過肯尼斯的腳趾，很喜歡，所以還想吃，但牠吃不到我的吧？牠吃不到，因為我穿了靴子。」嘰哩咕嚕的胡言亂語間，奈爾臉上僵著齜牙咧嘴的笑，他的嘴唇掀起，露出一口白牙。

奎爾趴在岩棚上，探進縫隙，試圖鬆開奈爾的腳。每次海浪淹過他，他都得閉住氣。每道噴來的水都在他耳中留下哨音，彷彿癒合的鎖骨是小笛子在尖聲吹奏。他自己的牙齒也開始打顫。他的手指摸到鞋帶，但鞋帶綁了十幾個結，壓縮成硬如石頭的小球。

奈爾模糊的問：「你要走了嗎？」怪獸曾來嘲笑受困的男孩，朝他丟東西。對他來說，奎爾似乎不比其他怪獸真實。

「我哪兒都不會去，但我得找塊尖銳的東西……」奎爾爬過岩棚，尋找邊緣尖銳的石頭。可是奈爾的表情依舊困惑，各種想法和恐懼不斷打向他，跟海浪一樣陰晴不定。

他問道：「我的頭還在嗎？」

什麼意思？奎爾聽到這個問題溼了眼眶。所以奈爾知道他瘋了嗎？

「老兄，你的頭好好長在肩膀上。」

「太好了！你看，我的脖子是鐵做的，牠拔不走。牠沒辦法！」

奈爾看向大海，奎爾順著他的視線看去。大海雀又出現了，牠在近海游泳，高高舉起鳥喙，戴眼罩的臉看向陸地，彷彿急著等待好結果。他揮揮手，忍不住向放逐期間陪伴他的鳥兒打招呼。「你看，奈爾，你看！那是我的大海雀。我說牠會來找我，你還不信。」

這回奈爾確實聽到，也確實看了。然而他望向中程的空洞眼神突然變得害怕，聚焦在大海雀身上。「牠想要我的頭！大哥，別讓牠靠近我！牠想要我的頭！女巫！滾開，女巫！」他開始吐口水，比畫十字架，前後搖晃，再次掙扎想把腳拔出來。石頭夾住他的脛部和小腿肚，把肉都磨紅了。

奎爾的拳頭緊抓住手裡的碎石，把手掌都割破了。即使他能拔出男孩的腳，他要怎麼帶奈爾回到中層？他掃視高高在上突出的岩壁，妄想能看到援手，但他只看到海鴉在附近危險的平台上交配。戰士岩本身似乎在搖晃，跟奈爾一樣前後搖擺，前後搖擺。戰士從海床拔起腳嗎？奎爾感到暈眩和反胃一同襲來。

他看不見那兩隻靴子，甚至幾乎搆不到，但他仍趴在地上，割著靴子的鞋帶。奈爾揮動雙拳猛打他的背。「不要砍斷我的腳趾！不然海鰻會來咬你！不要！我需要我的腳趾！住手！我希望海鰻咬你！牠最好咬斷你的手，小偷！」

為了搆到靴子，奎爾必須伸長身子探進縫隙，臉都貼在石頭上了。水裡真的有海鰻嗎？纏繞在他手上的線狀觸感可能是鞋帶或海藻，海鰻或藍綠人繼續打結的手指。奎爾猜想發瘋是否會傳染。

「我馬上救你出來，我馬上拔出你的腳。」奈爾的暴行和海浪不斷攻擊他，但他仍堅持下去。

他終於聽到尖銳的斷裂聲，接著又一聲！皮革陷了下去。他在飛襲而來的拳頭中跪起身，用雙臂抱住奈爾，把男孩的雙手夾在身側，將他往上拉。力道強勁的第七道海浪正好打碎在他們身上，把他們沖上岩棚。海浪退去後，奈爾雙腳並用踢開偷靴賊，掙脫開來。奎爾滑過水霧，越過岩棚邊緣掉進海裡。

雖然冷水嚇了他一跳，他仍成功用單手抓住石板邊緣，但他掙扎想爬上岸時，奈爾側身躺下來，嚎叫著猛踢奎爾的臉。「你拿走我的靴子！你偷了我的靴子，小偷！拉赫倫給我的靴子！」

「奈爾，讓我上來。你自由了，你看！你脫困了。你安全了，蠢驢子。讓我上來！」

但不知為何，奎爾成了萬惡的根源，不管是肯尼斯可怕的截肢，還是海裡的怪獸數量，都是因為他。他是竊賊、惡魔、食人魔、藍綠人，要從能呼吸的世界抓走奈爾，帶進深海。奎爾沿著石板邊緣反覆拉起身體，但奈爾不會被藍綠人打敗。他拍打奎爾的手指，踹他的臉。

奎爾轉頭指向大海。「老兄，你看！鯊魚！鯊魚要來吃你了！快跑！快跑！」奈爾聽話看了。

他腦袋裡橫衝直撞的噩夢畫面使他看到鯊魚和更糟的東西。雖然小腿拉傷，腳掌冰冷，肌肉受寒抽筋，他仍赤腳踏水衝過岩棚，爬上石壁，躲避隱形的惡魔追逐。

岩棚下方一片空洞。海浪慢慢啃蝕戰士岩的基底後，便留下這塊邊緣崎嶇的石片。奎爾的腳沒有地方踩，無法撐起身體。而且奈爾留給他討厭的禮物：海鰻從奈爾腦中鑽出來，游進他的腦袋。他突然相信海鰻在海裡，纏住他的雙腿，張大了嘴，露出剃刀般銳利的牙齒，思索第一口要咬哪裡，要先撕下他的哪個部位……

海浪把奎爾的腿和身體捲到石板下，淹沒他的頭。

莫迪娜，淹死的男孩會怎麼樣？

奎爾，他們的血就在鯨魚噴出的水沫中。

他的雙眼因為缺氧而刺痛，視野突然充滿鯨魚陰暗巨大的身影，朝晴空噴出銀色水柱。

海浪的後座力再次拖出他的身體，他的頭冒出水面。海水重重將他推向岩棚，有樣東西用力打中他的顴骨，害他鬆開戰士岩。

原來是繩索的末端。莫多從高處拋下他的繩子，準頭未免太準了一點。

他們從白色繩索兩端看著彼此好一會兒，莫多站在平台上，奎爾在海潮中載浮載沉。

「對不起。」莫多叫道，一手撫著自己的臉頰。

「何必呢？」奎爾說：「不過我擔心水裡有海鰻，所以你能不能快點下來……」

他的聲音幾乎傳不出去，喉嚨擦傷沙啞。如同危急時血液會退回身體核心，他的高燒也縮回肺部，在那兒等待夏天。

第二十章

獵巫

有一天，約翰毫無預警選了卡倫當她的未婚夫。她畢竟是基爾達群島的女人，在赫塔島這麼小的島上，選擇向來不甚重要。作為男孩長大，她知道男孩（之間）怎麼談論女生，評論她們適不適合做未來的伴侶，卻總是藏起真誠的感情，擔心被人嘲笑。就算給大多數男孩一個桶子，也裝不了一絲浪漫情懷。卡倫講話或許安靜到顯得愚笨，但至少當他唱起老歌，浪漫溫柔會從他的脣間流瀉而出。為此她可以忽略他歪曲的鼻子，以及臉頰上的鳥喙傷痕。結婚後，她會要他每晚唱歌給她聽，她會非常堅持，像小雞張大嘴等待餵食。

卡倫非常感激，甚至跑到戰士岩高處裝滿雨水的凹洞，洗掉頭髮裡的海鴉糞便，也順便洗了一些其他部位。然而等他回來，約翰告知他婚禮不會馬上舉行，要等他們回到赫塔島，她有新衣服穿才行。聽聞消息，他像狗甩甩滴水的長髮，後悔弄溼了頭髮。

大家都知道約翰寧願選擇奎爾，只有奎爾本人不知道。不過離開赫塔島到戰士岩捕鳥前，約翰從未想像過跟男孩訂婚。況且會唱歌的卡倫總是好過柯爾．凱恩每晚揍她，或肯尼斯要大家共享她的提議。

卡倫問道：「我該怎麼叫她？」他很害羞，便問了整個洞穴的人。「我不能娶叫約翰的人。」

「當然可以，你就要這麼辦。」新娘說：「我不可能取新的名字！」於是卡倫收回問題。她的聲音尖銳，就像赫塔島上取內臟的桌子旁剝北鰹鳥皮的漁夫太太。

莫多在奎爾旁邊坐下，早忘了兩人為了繩索的爭執。他說：「女生就是這樣，對吧？」

奎爾同意：「女生就是這樣，沒錯。」

他們以螃蟹賽跑、猜謎、開玩笑和唱歌慶祝兩人訂婚。接著他們玩起挨餓期間風行的遊戲，每個大人和男孩都端出一道想像的佳餚。

「燕麥粥加牛奶和蛋。」

「燕麥餅、起司和乳清。」

「塞滿魚肝的魚頭。」

「羊肉配酸模和馬鈴薯！」

「蕁麻啤酒。」

這些都是上輩子的記憶：沒錯，佳餚早已離他們遠去，但只要每個人都記得，美食便依舊存在，有時記憶甚至能帶來口感。

「我們必須試著再造一艘木筏。」東諾．唐說：「等到夏天，橫渡大海就容易了。」

「去博雷島？」

「至少是第一步。」

樂觀之情流過他們的血管。只有肯尼斯沒替想像中的餐桌加菜，不然他會端上膽汁和蒿草，毒死所有人。他仍怪罪大家為了救他的命，害他變成瘸子。

他們漸漸變成了鳥。他們照月亮的時程過活，不再記錄日曆。他們以月份為單位，靠月亮圓缺計算時間：每個月份都眨眼般飛過。

他們的衣服是鳥皮和羽毛。他們的腿深受壞血病所苦，膚色蠟黃，都是斑點，長滿了瘡。他們活在當下：過去的事已過去，未來則無形又不可信。不過他們撐了這麼久，何不繼續撐下去？春天，夏天，秋天，死亡之季。

他們漸漸變成了天使，但仍耐心虔誠信奉詭異的半異教，繼續等待白船、天使的馬車、亞馬遜女王或海洋乾枯，好帶他們離開戰士岩。但他們無法花太多心思去想。他們有太多事要做，太多痛苦要忍耐，太多鳥兒要捕捉。

所有的白色繩索都過度磨損，用來攀岩太危險，網子也都破了，因此男孩和大人攀爬石板石柱時，只比鳥兒多出一點足智多謀的優勢。他們沒有翅膀，無法在水上行走，比起普通鸌或海鴉，更像大海雀。還是他們是海燕，由頭往腳燃燒，直到每個人的火焰都熄滅？

孤獨的大海雀再次出現……好吧，也許是不同一隻，但牠同樣展現獨處的怪癖。有時鳥群中會有單一鳥兒喪失方位，腦中的指南針歪了方向，便會脫離同伴，宛如神祕主義者拋棄原有的生活，到世上四處乞討。於是大海雀再次出現，艱難的穿過北鰹鳥和暴風鸌聚落，似乎在尋找對牠有意義的解釋。莫多跑來告訴奎爾他看到了。要不是奎爾的肺那麼殘破，他會飛快一路趕去。他慢慢、慢慢爬，終於看到牠，並心生感激。整天他都跟在牠如鐘擺踉蹌的步伐後頭。

但奈爾對這個消息的反應不同。過去幾週他平靜多了，小腿傷口癒合，甚至沒有生肺病。只有晚上做夢時，怪獸和藍綠人才會再成群出現，露出鬼臉大聲吼叫，用冰冷的溼舌頭舔他，害他窒息。他會提起這些怪物，但多半是自言自語，鮮少加入周遭的對話。然而聽到「大海雀」和「海女巫」幾個字，他哭叫一聲，彷彿被老鼠咬了……接著傷口潰爛，高燒的幻想再次占據他醒著的每一刻。「女巫！」他一直說：「女巫要來了！別讓女巫靠近！她會咬掉我的頭！」

奎爾試著安撫他，但奈爾仍將他算作夢中的怪獸。每次他靠得太近，奈爾還是會畏縮蹲下。現在他便縮起身子，用掌心推開奎爾的臉。「你偷了我的靴子！」

奎爾只得告訴其他人：「我認為牠想幫忙，我猜大海雀試著餵他。你們懂嗎？用鳥的方式？吐出食物，把他當作小鳥餵。」對他來說再明白不過。放逐期間，他在洞口餵過大海雀吃魚，現在換牠試著餵食困在岩石縫隙的男孩。莫迪娜會這麼做，他的大海雀會這麼做。

男孩們噘起嘴，擺明不相信。鳥兒就是鳥兒就是鳥兒（除了有時是女巫，或惡人死後的靈魂）。

他自然不再多說，不再提奈爾頭髮和衣服上的魚內臟，不再提他看到鳥兒像擔心的母親遠觀男孩獲救……奎爾無法大聲好好談論鳥兒，自然便發現牠在夢中等他。

在他的夢中，牠游上岸，張開粗短的翅膀。透明的巨浪將牠放在村落灣，牠走上主街，經過一棟棟房子，點點大鼻子向聚集的國會成員打招呼。島上的狗兒朝牠吠叫，但太過害怕，不敢攻擊，只能看牠越過田地，繞過墓園，困難的走向柯拿椅丘。那是神奇的地點，牠打算爬到山頂，睡在那兒。

等牠回來，牠的鳥喙裝滿文字，有些如卵石圓潤，有些如碎石尖銳。牠的小鳥坐在村裡教室的長椅上，等牠餵食文字。牠的小鳥有些眼熟……當牠來到奎爾面前，他也張開嘴巴，感到飢餓小鳥貪婪的興奮，等待牠的嘴巴朝他靠近。不是牠的鳥喙，而是嘴巴。牠沒有戴面具，而是……

大海雀抓住他的鎖骨，搖得他都痛了。他醒過來，發現拉赫倫站在他身前。

近來他們習慣不打擾奎爾睡覺，自行出去捕鳥。菲利斯先生說肺病就像基爾達憂鬱，要花時間才會排出體外。

「我們抓到了，你想看嗎？」拉赫倫說：「我們抓到了！簡單得要命！卡倫用袋子罩住牠，接著唐先生打牠，我們全都拿石頭打牠打牠打牠。牠說個不停，尤恩說如果我們不殺了牠，牠會說出惡魔的密語，詛咒我們……真希望你看到我們打敗牠！」

「別煩他。」菲利斯厲聲說：「除非你想染上他的病。」

奎爾坐起身時，確實感到體內充滿滾燙的膽液，像暴風鑊油翻騰。但不是因為肺病，而是因為恐懼和反胃的預感。他驚恐的意識到拉赫倫在說什麼。透過他們雙腿形成的叢林，他看到他們把戰利品帶回家了。

破爛的袋子還破了洞，卻給羽毛撐得豐滿，就像守護者的寶座。洗白的粗麻布染上裡頭大海雀的血，現在變得鮮紅。牠巨大的腳蹼和下半身從袋底露出來。

莫多說：「我試過阻止他們。」

「他們殺了女巫，不是嗎？」肯尼斯偷瞄奎爾的臉，渴望看到一絲哀傷的跡象。雖然他瘸了腳，無法親自到場，但知道他們殺了海女巫後，他也共享大家的喜悅。

唐先生說：「別管什麼女巫了。」他盡可能阻止男孩敗給凶殘嗜血的衝動。他之所以建議殺了鳥兒，只因為牠龐大的胃非常適合儲存鳥奶油，牠的皮膚可以當作皮革，牠的骨頭能刻成各種東西。他想像一整個月宜人多產的夜晚，每個人都坐在小厝裡，縫鞋子或錢包，或削製菸斗、湯匙和固定屋頂的木樁。

這時卻憑空飛來「女巫」、「招致暴風雨的傢伙」、「惡魔的話語」這些話，說起戴維的死，還有奈爾的頭被咬掉。唐只能用「殺人狂熱」來形容男孩野蠻的歇斯底里反應，以及他們如何瘋狂暴力對待可憐的鳥兒。

他必須承認，袋子裡傳出的聲音，那些混亂的子音母音與斷續的呼吸，甚至嚇到了他。原本他希望自己快速一擊，能制住鳥兒和興奮的男孩。可是大海雀的頭骨厚重，體格結實，花了好久才殺死。

有好一陣子，奎爾想殺了每個人：拉赫倫臉上掛著「好消息」的表情；奈爾發狂般咯咯笑他的怪獸之死，雙手和臉上沾滿怪獸的血；尤恩歡欣慶祝自己虔誠的殺了無辜的動物。連在唐先生眼中，奎爾的朋友也只是一堆有用的物品。

肯尼斯低下頭，看向奎爾的眉毛下方，想逮到他眼眶泛淚……

奎爾很想揍他，但尤恩看到幻象那晚他感到的墜落感阻止了他。就算不是世界末日，也有什麼完結了。他清楚知道，所以戰士岩上數百萬計的鳥兒才在尖叫，他都聽得見，在腦中他都聽得見。什麼都不剩，什麼都不會回來了，不管是戴維、大海雀、奈爾的神智、莫迪娜．蓋洛維，還是如黑背鷗凶狠的男孩暴民之間的友誼。

「我們殺了女巫吧？」肯尼斯重複一次，把自己算入勝利的殺巫獵人。

「這只證明你們多愚蠢，現在你們頭上都中了女巫的詛咒。」奎爾說完便走出洞穴。

第二十一章
白船

春天可以採集鳥蛋。海豹也出現了，牠們滑順的巨大灰色身軀散布在登陸點，像沖上岸的屍體。

東諾．唐說：「在健壯男人身上塗抹海豹脂肪，或許他就能游到李岩！」他總是在規畫逃跑計畫，只是不會用在自己身上。他的手臂康復了，但稍微有些扭曲，手掌會像老人的手顫抖。好吧，他確實老了，也許四十歲，或四十五歲？

北鰹鳥坐著，抬起腳放在堅硬的小鳥蛋上，看起來像老人坐在扶手椅上，腳墊著矮凳。拿走一顆蛋，母鳥會再生一顆，只要生命持續下去就好。幾乎每顆蛋都會孵化，當然因為暴風雨或挨餓，當年內有一半的小鳥會死去。那又怎樣？有一半會活下來。只要生命持續下去就好……

即使沒有朋友，日子還是得繼續過。大人仍會跟奎爾說話，但自從他說女巫詛咒了所有人，沒有男孩要理會他。他們沒拿石頭砸他，或把他趕出洞穴，只是避著他，彷彿他從親愛的大海雀那兒繼承了巫術。

他接納現況，他應該承受孤獨的懲罰。由於他講了「鐵手指」的愚蠢故事，戴維誤以為魚鉤非常重要，值得為此摔死在峭壁上。他在菲利斯腦中植入菲爾納．莫的身影。他餵給朋友許多故事，但對他們有何好處？簡直就像拿玻璃餵狗。他甚至餵大海雀吃魚，誤導了牠，以至於牠好心想回報他，卻嚇得奈爾失去理智，害牠因為行善慘遭謀殺。他宣稱朋友遭到詛咒。最糟的是，失去他們的陪伴，他並不悲傷。每個人過世時，都無法帶著同伴踏上前往黑暗的旅途：那活著的時候又何必呢？

「我現在了解你了。」有一天菲利斯對他說：「我們是同類，血管裡流的都是黑色墨水。」奎爾不懂他的意思，卻也不敢問。

現在菲利斯出現在他眼前，設置繩索纖維做的海鸚陷阱。海鸚真是愚蠢的小生物。一隻海鸚把腳踩進陷阱，另一隻海鸚便會好奇靠近想看個仔細。

第一隻海鸚說：我剛把腳踏進這個圈圈。

另一隻說：什麼，像這樣嗎？鄰居經過，他們叫道：嘿，好朋友！你能幫幫我們嗎？於是鄰居也靠過來看……

這麼容易受騙，容易捕捉，一次就是十幾隻。夏天帶來如此豐饒的收穫。

菲利斯站直身子，可能只是要舒展背部。他抬頭看向奎爾，一臉疑惑，朝大海點點頭。奎爾也看了。水面上有個斑點。

雖然給陽光抹去了大半，不過有個東西正在繞過李岩。或許是象鮫：昨天有好幾隻經過。不對，這東西不在水底下，而是在水面上：白色的。難道是一群北鰹鳥，拍動翅膀貼近水面飛翔？

戰士岩各處的男孩都不安起來，宛如暴風鸌看到黑背鷗從天而降。他們停止閒散的獵捕工作，蹲下身子，動也不動。近來尤恩提到額頭寫著666的怪獸會在世界末日時四處亂竄吃人。他們想像怪獸是海怪，可想而知，他們的世界奠基在海上。或許現在大怪獸來了，身上披滿白色羽毛，頭頂露出水面。牠走過海床，聞到罪惡的味道，聞到有靈魂可吃。

奎爾內心有一部分仍在等待天使駕駛的白船：戴維確信會來的天堂之船。他自己的質疑不再重要：戴維過世後，奎爾自覺必須承繼他的希望和信念，宛如繼承他的衣服。天使的可怕不亞於大怪獸，他們也會想從巢中抓走男孩，帶他們飛向天空，就像海鷗從母羊身邊偷走小羊。奎爾感到害怕，卻也浮出一絲苦澀的怨懟。天使可能來了，但戴維那麼相信並想見他們，現在卻太晚了。

或者那只是一艘船，一艘簡單的單帆船。那麼船一定會直接經過戰士岩，不會察覺到受困的男孩。

突然男孩都站了起來，或抓緊石柱，或站在小厝洞口，拚命大叫揮手。五萬隻受驚的鳥兒一起沖向天空，像一股打轉的海龍捲。鳥兒不住旋轉嘶叫，彷彿也在等待西方航來的小船帶牠們迎向救贖。

到頭來他們沒時間拿東西，什麼都沒拿。男孩像綁在一起的山羊前往登陸點，卻不斷猛然停下，想起無法想像要拋下的東西：戴維媽媽的煮鍋，一頂毛帽，新做好的海燕蠟燭，亂畫在洞穴牆上的皇冠……一半的儲藏塔都滿了，大海雀的內臟裝滿暴風鸌油和鳥奶油。他們還有羽毛，但袋子一個都不剩，無法把羽毛帶到船上……

可是假如船無法靠岸呢？不妙的海流，高漲的浪頭……風向也可能改變！經驗不足的船長或許決定不要冒險靠岸……

東諾·唐協助肯尼斯離開小厝，走過峭壁平台，爬下戰士岩最平緩的斜坡。他們之間綁著骯髒的繩索，以防肯尼斯殘廢的腳無法維持平衡。他們看起來像牧羊人領著年邁的牧羊犬，或者囚犯被帶去接受審判。

只有拉赫倫穩穩高站在突起的石塊上，動也不動。北鰹鳥王在監督陽光普照的領地。他雙臂抱胸，每次有人叫他過來，他便撇開臉。奎爾還得繞路去帶他下來。他說：「我要留下來。」拉赫倫晒傷的額頭露出皺眉的紋路，深得像斧頭砍的。

奎爾說：「可是你的家人……」不然還需要說什麼？他們不用等待了，世界末日沒有到來！他們在海上過冬，等了九個月，可是現在他們能夠回到同伴溫暖的懷抱，回歸他們的同袍、他們的親人。

拉赫倫粗暴的說：「我希望他們都死了。」他擔心奎爾誤會，趕忙補充說：「我的家人，不是你的，好嗎？我的，不是你的。」

船並非來自赫塔島，也不是吉爾摩先生從哈里斯島載著郵件和補給品來。原來是島主的侍從去赫塔島收租金，到了島上，他聽聞捕鳥隊受困在戰士岩，便前來拯救他們。他提到路上看到博雷島有煙，他們才提起柯爾．凱恩在那兒。

船靠岸時，凱恩早已準備好，站在海灣等候。當船繞過博雷島南端，他們看到許多凱恩試圖聯繫赫塔島的失敗方法：綠草如茵的岩壁上嵌著白色石頭，用字母寫出他的絕望。他終究打了信號。

還是沒人理會「牧師」或「隱士」。雖然凱恩不斷提問，侍從和他的船員都不打算談論赫塔島的狀況。「疾病，」他們只肯說：「生病。」

沒必要向侍從詢問特定人士的情況：他知道巴肯牧師的名字，但僅此而已。說實在話，侍從幾乎無法認出捕鳥隊是人。他們留著長髮，身穿鳥皮做的衣服，皮膚因風吹雨淋潰爛，看起來更像野獸，不像人。說完這些話後：

「疾病。」

「生病。」

……他們甚至不再跟侍從說話，也不互相交談，只是站在船上，像冰山上的大海雀，呆呆看著前方。

暴風雨捲走赫塔島的沙灘，但一顆一顆的沙粒再次從村落灣沖上岸。菲利斯率先下船，他太早跳過船緣，水都淹到脖子了。他掙扎著游上岸，馬上跑向村落。

沒有人在沙灘上等他們。喔，有幾個人，例如巴肯牧師。莫多看到他的父親，舉起一隻手，發出喜悅的呼喊。奎爾掃視海岸，尋找父母，卻沒看到人，誰都沒看到。島上的船停在平常的位置（所以船沒有受損或沉沒，可以開到戰士岩接男孩回家。前提是要有人開船）。

柯爾．凱恩呼叫大家禱告感恩，但船員只忙著讓船靠岸。

唐說：「把船直接開上沙灘。」

船員回答：「那樣就沒辦法再啟航了。」

唐向他們保證：「喔，所有人都會來幫忙。」

船員互看一眼，重複說：「那樣就沒辦法再啟航了。」他們在淺灘下錨。

一包衣服丟上了岸，還是不甚起眼的包裹：裡頭的舊衣過於破爛，只有羊毛可用，能拆開重新織成襪子。然而，只是老伊恩的遺物包裹就夠了。疾病一定是從裡頭來的。

天花。

男孩也一一跑向他們的房子。

主街看來亂七八糟，殘破不堪。害死戴維的暴風雨捲走草皮屋頂，砸爛雞圈，在主街丟滿木桶，還吹倒一道乾石牆。為什麼沒人整理環境？重新鋪上屋頂？修理圍牆？為什麼明明陽光普照，小屋的大門卻全都關著？沒有女人或老人坐在門外的長椅上，溫暖他們的臉和腳。

男孩跑進屋內，一會兒又跑出來，一臉困惑或驚惶失措。

他們經歷過缺乏燃料的生活，因此每棟房子旁一袋袋沉重的泥炭顯得奢侈極了。小島的綠意令他們頭暈目眩，腳下平坦的地面彷彿世界跌了一跤，撲倒在地上。

確實沒錯。去年住在島上的二十四戶人家當中，只有寥寥數人倖存。捕鳥隊歸來竟讓人口多了一倍。

奎爾在空蕩蕩的一房小屋坐了一小時。地板跟他離開時一模一樣，散落每日可見的泥炭灰、大麥稈和食物殘渣。他父親說過：「地板需要挖一挖了，你回來之後可以幫我一把。」然而挖鑿的痕跡比奎爾離開時深不了多少。他們必定很快就過世了……他必須開始把護根層運到田裡，準備施肥，否則秋天什麼都長不出來。沒有別人來做了。

他會明天開始，或者下星期吧。

桌上放著一枚硬幣胸針，桌底下有一雙鞋。他想換掉身上的鳥皮和袋子，可是有人燒了他的另一套衣服，以防感染天花。他本來想洗洗身體，尤其是耳朵，可是木桶裡沒有水。屍體下葬前會放在桌上，事後鄰居刷洗桌子，必然用光了水。他的母親，他的父親。他該感謝誰？誰能跟他說父母怎麼過世的？他們臨終前也許留了話，留了訊息給唯一的兒子……

就像戴維母親會想聽的話。

奎爾在腦中編纂要跟她說什麼，還有別說什麼。然而，說書人的美好謊言都棄他而去了。

一隻拳頭大的田鼠從壁爐跑出來，坐著吃起蝸牛。老鼠看到他吃了一驚，但沒有嚇到逃走。

奎爾打開門，排掉不新鮮的空氣，然後沿著主街走去戴維家。路上他看到拉赫倫朝自己家的大門丟石頭，歡欣的聽石塊撞擊木板。「太好了，太好了，太好了。」他倔強大喊，淚水從臉上潸然而下。奎爾猜想那扇門後不知藏了什麼苦難，才讓男孩歡慶父母過世。他們兩家相隔九戶，他怎麼對拉赫倫的生活一無所知？在戰士岩，他們親如親戚朋友……只是奎爾的頭腦不肯努力幹活。他反而開始思索，如果拆下每戶人家進口的木門，能建造多麼棒的木筏……

他敲了門，又再敲一次。他希望……

果如其然，他卑鄙的願望實現了：戴維家也空無一人。奎爾不用講說不出口的話，不用重述無法承受的事實，不用看他母親的表情崩潰，心像乾掉的麵包碎裂。

其實他不需要告訴任何人戴維在戰士岩過世了。赫塔島上幾乎沒留下任何記錄：只說「九十四人死亡」。奎爾在墓園找到父母的墳墓，但許多墓碑沒有標記，沒有用焦油塗寫名字。假如他和其他人三緘其口，沒有外人需要知道戴維何時何地從世上消失。

不過戴維的狗從打開的門進來，後頭跟著蠢蠢的蕁麻，吸鼻子到處嗅嗅。奎爾用擁抱和親吻歡迎牠們，保證永遠溫柔照顧牠們，準備牠們一輩子吃不完的食物。

大家川流不息拜訪牧師館，向巴肯牧師詢問親人的狀況，想知道是否有某些原因，某些其他原因，能解釋親人為何不在家。牧師告知他們不想聽的答案，並保證會在這悲慟的時刻替他們禱告。接著他讚美大家的堅忍勇氣，希望他們勇敢起來，別昏倒在他的客廳。

奎爾詢問牧師，如果他還記得，是否知道莫迪娜‧蓋洛維怎麼了。他邊問邊揪起臉，想起莫迪娜經常打擾牧師平靜的生活。但牧師對莫迪娜讚不絕口，早已原諒了她的歌唱和笑聲。原來天花爆發時，她留在赫塔島，不辭辛勞的照料病患，安撫瀕死的島民和悲痛的家人，一肩扛下小孤兒的母親角色。「……直到她自己也病了。我無法確切告訴你之後她何時過世，以及她在哪裡長眠。當時我和家人聽從蘇格蘭長老教會的吩咐，並不在島上。可憐的靈魂啊。回來之後，沒能見到她微笑的臉，我非常難過。或許你能問問那些上主慈悲放過的人。」

但奎爾早知道莫迪娜何時過世了。他不是看到袋子露出大海雀的屍體？天花或許前年夏天帶走了莫迪娜，但他們在戰士岩屠殺大海雀那天，她遊蕩的靈魂才消逝而去。在赫塔島照料瀕死病患後，她的靈魂一定飛到戰士岩，附在鳥兒身上，安撫慰藉奎爾，陪伴他看著情勢每下愈況。

「莫多，請大家黃昏在聖殿集合。」牧師把奎爾誤認成他的朋友：「我來布道安慰大家。」

送給聖殿的船鐘鈴舌躺在門邊地上。太多場葬禮敲響鈴聲後，大鐘永遠遭到禁聲了。柯爾．凱恩說他會修理。雖然凱恩不再與上帝對話（畢竟主都沒有回應他的禱告），他仍重拾司事的職位，咋舌瞪著匆匆挖好的墳，以及墓園混亂過擠的狀態。他沒有向巴肯牧師提起他在博雷島的「守夜」：牧師精明又受過教育，可能會問許多問題，凱恩這樣卑微的人也許難以回答。運氣好的話，其他捕鳥隊員會因為失去至親而崩潰，大概都忘了女孩約翰和他需要徵用木筏的事。他嬌小粗鄙的妻子（熬過了天花）可不能聽到這些詆毀他的八卦。況且牧師不也拋下他瀕死的麻煩教眾，逃去愛丁堡嗎？

捕鳥隊離開時，聖殿的門感覺絕對更高，年長男孩現在需要低頭才能進門。他們離開時，室內成綑的大麥稈上總是坐滿了人，有些村民還必須站著。現在只要六綑就夠大家坐了。

巴肯牧師對眼神空洞的男孩談起感恩和歡喜重逢。他說他們年輕的肩膀上現在承擔沉重的責任：當個好人，穩固赫塔島的未來。

肯尼斯的姊妹坐在他兩側，用紡織針戳他。起初她們只是開玩笑，想確定他是真人，不是她們的幻想。不過很快這就成了有趣的消遣，想害他在聖殿咒罵驚叫。奎爾從未發現他們一家人個性有多麼相像。

約翰與母親坐在一起，但她的父親不在了。若能讓他起死回生，她會欣然剪短頭髮，一輩子穿男生的衣服，但現在她能自由做自己，自行做決定了。她判斷卡倫痛失父母與兄弟姊妹，已經夠辛苦，不需要提醒他戰士岩上大家玩的愚蠢遊戲。沒錯，就是遊戲：螃蟹賽跑，比腕力，訂婚……他八成早就忘記和約翰訂婚了。

沒有人選擇記起他們在戰士岩的時光，大家都隻字不提。現在針對這段日子，記憶守護者奈爾腦中只剩一團胡亂的幻想。

東諾．唐駝背坐著，手肘支著膝蓋，雙手蓋著頭，像坐在坍方落石下面。他堅強挺過寒冬、飢餓、恐懼和挑釁，在戰士岩沒流下一滴眼淚。現在他前後搖晃身體，前後搖晃身體，不顧誰在聖壇上說話，只是不斷重複「我們不該走的，我不該走的」。他在照料他人的兒子時，他自己的家人已逐一死去。

菲利斯把兩個女兒抱在腿上，妻子坐在他身旁：宛如他浴火重生。奎爾走過他旁邊時，他熱切緊抓住奎爾的手臂。「孩子，我會支持你，就像你一路支持我。我發誓。」他年幼的女兒笑著看奎爾帶進聖殿的兩隻狗，然後把殘留痘疤的臉埋進父親胸口。

奎爾知道他該說很遺憾他們的姪女莫迪娜．蓋洛維過世，但他說不出她的名字。出於禮貌、善心或同情，大家會說「我們能體會你的傷痛」，然而沒有文字能描述奎爾深沉的哀痛。假如他張開嘴，整座聖殿可能會充滿一百萬隻鳥，統統都在放聲尖叫，跟他腦袋裡一樣。他不會詢問她怎麼死的，或者她的墓地所在。她離開了，事實不會改變。

島主的侍從藉機走上聖壇，安撫大家。他嚴正保證島主會從哈里斯島和斯凱島送來優秀的工人，恢復島上人口。聖基爾達群島不會缺乏人手耕耘大麥田，也不會缺乏捕鳥人捕捉鳥兒。

倖存者聽聞消息本該要如釋重負。恢復赫塔島的人口？就像取代遺失的西洋棋子，讓島主能繼續下棋？

然而奎爾不會留下來。沒有人能送給他新的父母，也沒有足夠的理由說服他跟斯凱島來的陌生家庭分享他的小屋。哈里斯島的人無法取代長者國會成員坐在長凳上晒太陽，也無法取代小嬰孩打斷他們嚴肅的討論。不，奎爾心意已決。他要離開聖基爾達群島，去有樹的地方。看過樹之後，他要砍倒樹，讓鳥兒永遠無法築巢。或許他會用木材造船，航行去更遙遠的國度，沒有地方會顯得夠遠。基爾達群島跟戰士岩一樣，到處都是石頭。捕鳥人或許攀在島上，宛如鯨魚身上的藤壺，但小島並不知道，也毫不在乎他們。

東諾．唐又說了一次：「我們不該走的。」禮拜結束後，他幾乎沒注意到周遭人群散去，依然坐在原地，雙手蓋著光禿的頭頂。奎爾停在他旁邊，蕁麻聞到鹹味，舔了舔他。

奎爾說：「走的不是我們。」

因為消失的並不是捕鳥隊。這段期間，他們只在相隔數公里的大海彼岸。消失的不是他們，而是其他所有的人，他們的整個世界，奎爾的整個世界。

第二十二章

音樂與愛

在蘇格蘭的西部島嶼（或許其他地方也是），說書人必須歸功給第一個把故事告訴他的人。好。我寫下這個故事，我的故事來源是赫塔島的奎利爾・麥金儂，他僅告訴我一個人。

他們都不談戰士岩發生的事。捕鳥隊前去獵捕咕嘎，長達九個月沒有船去接他們回來，大多數人生還了。對比他們離開時赫塔島的狀況，要說他們多辛苦都會顯得荒謬，所以他們不說。況且聖基爾達群島的男人都不愛說話，但奎爾跟我說了。

那天我上岸後，他在柯拿椅丘的頂峰告訴我大半的故事。只要晚一班船，我便可能錯過他。不過我們從哈里斯島抵達時，親愛的吉爾摩先生將船頭對準石塊，船桅的影子正好落在奎利爾・麥金儂身上。他等在岸邊，抱著一袋家當，用繩索牽著兩隻狗。他太急著上船，竟然馬上把袋子丟上船，差點打到我的頭。否則他可能根本不會分神看到我。

這時他睜大眼睛望著我，告訴我震驚的消息，說我過世了。各位可以想像我當然費勁否認，但他非常堅持。

我確實不記得去年夏天離開赫塔島。詹米・吉爾摩的船開來時，我已半隻腳踩進棺材了。他把郵件和補給品丟上岸，但聽聞整座赫塔島遭到天花攻陷，他說不能冒險把傳染源帶回本土，因此沒有載著任何貨物和人上船。不過他帶了一樣東西上路：我。

他是我母親的親戚，據說他向母親保證會把我安全帶回家。他為我這麼辛勞，我真心祝福他，真的。

他逃離前，捕鳥隊成員的父母從病床爬起來懇求他：「帶我們的兒子回家！他們在海的那邊！困在戰士岩上！帶他們回家見我們！」島民太虛弱，無法駕駛島上的船。假如我沒記錯，船夫是卡倫的父親，而他是第一批過世的人。

但詹米．吉爾摩拒絕了，他不會航行去戰士岩。請不要恨他，他不是自私才這麼說（雖然大家都怪罪他）。他知道島民的兒子在戰士岩比較安全，遠離肆虐赫塔島的疾病，不會像島上的男人、女人和孩子如夏天的蒼蠅死去。

我們抵達哈里斯島後，他不僅隔離了我（免得我感染他的家人），還隔離了自己，以防航程中從我身上感染了「瘟疫」。他一定一面注意自己有無病徵，一面悉心照顧我，彷彿我是他的親生女兒。我感謝主沒讓他染上天花。

自主隔離期過後，他去找基爾達群島的島主，告訴他男孩受困在戰士岩。島主說好啊，好啊，他會派侍從去接人。但他們顯然有更重要的事要做，或者島主以為男孩像走失的羊群，會自己想辦法回家。島主沒去過當地，不知道問題在哪兒；地圖上小島和岩柱看起來非常近……其實他更擔心羊群走失：羊很值錢，男孩子則到處都是。或許他只是忘了派人幫忙。幸好隔年夏天租金晚繳時，他便想起要派侍從去收錢。

多數人因為天花過世，但並非所有人。赫塔島民對天花似乎沒有抵抗力，但我不是基爾達群島的人，對吧？我撐了過來，只留下滿臉的疤痕，因而能回到島上。各位或許好奇為何我想回來，但我必須知道吧？我必須知道誰活下來，誰因為天花而死，跟我學認字的可愛男孩是否熬過在戰士岩的日子。就算疾病殺不了我，但不知道真相我也活不下去。

起起伏伏，起起伏伏；船首隨著每一道打碎的海浪上下擺動。我身後的男子不耐煩的問：「小妞，妳要下船嗎？後面還有很多人在等。」

船上載著島主送來恢復島上人口的第一批移民：欠債的人、窮人、與家人鬧翻的人、小農場多餘的兒子，想要一塊自己耕種的田地……有些人為了遮風避雨的住所，去哪兒都願意。於是我踏上岸，有些踉蹌的撞上奎爾，我想這時他才相信我是活生生的人。

荒蕪的島上糟透了，但依然與我印象中一樣美麗。寧靜的環境。飄過的雲朵勾在柯拿椅丘和東丘的頂峰。普通鸌從地下唱出古怪的樂音，墓園長滿報春花和野鳶尾花。沒有華麗的房子，沒有豐饒的穀倉。我發誓即使人們在這兒住了一千代，他們擁有的財富也僅是詩歌、音樂和鳥兒。或許還有預知未來的能力。我問奎爾中了什麼邪，才會想離開這裡。他問道：「我怎麼會想留下來？」

「現在你們年輕人是島上的大爺了！還有誰像你這麼了解聖基爾達群島？你告訴我的那些事！那些謎團！那些故事！沒了你怎麼辦？亞馬遜女王不就從來不存在？沒有菲爾納．莫？沒有西班牙水手跟他們撞爛的船？沒有親吻石？除了真正的基爾達島人，誰會記得？少了記得的人，今天起一切都完了。赫塔島寫滿了故事，但少了你們這些活下來的人，未來不會有人知道！」我記得我從口袋拿出一本書揮向他，不小心打到他的臉頰。他的肌膚看來很疼，跟我一樣都是疤痕，我感到過意不去。然而我的嘴巴停不下來……「你是傳統守護者……！」

我的天哪！這時他朝我投來的眼神，彷彿我是叫他身穿花呢布的惡魔。「我怎麼能當任何東西的守護者？我連罐子裡的石頭都守不住！」他放聲大叫，狗兒嚇了一跳，扯掉他手中的繩子跑走了。我們只得追著牠們，一路跑到往紅丘的半路上。

上帝原諒我，因為我跟他說：「你不能走。吉爾摩先生不讓狗上船，這是他的規矩。我不知道為什麼，但他不會載狗出海，他討厭狗。」我不知道中了什麼邪才這麼說。奎爾睜著那雙眼睛看我，身體微微前傾，（我後來發現）所有獲救的男孩都一樣。他們傾斜的角度就像戰士岩，彷彿要從海中探出頭呼吸。

奎爾說：「可是我得帶著牠們！我答應戴維會照顧小狗！」他開始走，好像拚命走就能遠離自己。我跟上去，但我得撩起裙襬跑步才追得上他。

他開始講他的故事。我相信他是第一次開口談，大部分的內容他日後再也不曾提起。我們走到頂尖脊，往下來到大幽谷和幽谷灣，再爬上頂尖山後側，沿路不斷說話。他從北鰹鳥王講起，結束在他的朋友莫多和女孩約翰最近意外的婚禮。說來慚愧，我不怎麼想聽婚禮的事。天花改變我的容貌後，我在本土的情郎對婚事變心了。我為了重振心情返回基爾達群島，我必須想起世上還有好人。

「婚禮就是婚禮。」奎爾繼續說：「關鍵是好的吹笛人。卡倫吹奏他父親的笛子，吹得很好，雖然搭配跳舞有點哀傷。島上的俗話說：世界末日降臨時，只有音樂與愛會存活。」

據說在婚禮上，他們也會說一段話，比結婚誓言還重要。奎爾告訴我了。他說的時候還緊握我的手，彷彿要我明白，基爾達群島的男人確實有靈魂。看來他們雖然形似鳥兒，卻無法飛翔。為什麼？因為他們必須拖著沉重的靈魂。

「妳是我呼吸的空氣，妳是翅膀帶著我的心高飛。妳的手守護我不致墜落。我為妳而生，為妳而活，直到死神帶我走，或世界末日降臨。」

我坦承這段話非常感人，雖然我有點好奇為何他要用哀傷的眼神盯著我，跟我說這段話。

各位要知道，當時他沒有告訴我故事中與我有關的段落，直到時隔好一陣子我們結婚了，他才跟我說。現在他仍會時不時在對話中參雜幾句，宛如喜鵲在同伴面前丟下閃亮的東西。他會從眼角瞄我，看他是否冒犯到我。

奎爾的一切都不會冒犯到我。

我說到哪兒了？啊，對。我們站在柯拿椅丘頂端，俯瞰下方詹米・吉爾摩的船準備啟航。

他推論：「所以妳要留下來？」畢竟我在這裡，而船遠在下面。

「對，等到吉爾摩先生下次過來……但你要走了。」

「我不能走吧？我不能拋下小狗。」

「我騙你說不能帶狗。」

他看著我好長一段時間，起初很生氣，接著變得困惑，不懂我為什麼要撒謊。顯然這座完美的小島上沒有人會騙人。

「奎爾，所以你真的要走嗎？」

「來不及了，或許等吉爾摩先生下次過來……喔！」

我猜我們同時想起來了。

「……你的行李！」

我們當下拔腿就跑，但根本不可能在船出海前趕到。狗兒跑得更快，等我們抵達村落灣，航向哈里斯島的船已成了遠方海面上的白羽毛。一切都看海潮決定，你無法反抗。

幸好有人把奎爾的家當丟回岸上。包裹癱躺在石塊上，粗麻布的破洞中冒出不同顏色的布料。

一輩子只剩一包衣服，但有些人更是一無所有。

而且大部分重要的東西都無法裝進包裹。

總之，我們的人生還很長呢。

作者後記

聖基爾達群島位在不列顛群島最偏僻的角落，由許多小島和海岩柱組成，其中有人居住的主要島嶼叫赫塔島。當地地名都很難懂，拼法困難。當大海說你不能去，你就不能去。

各位讀到的故事是真的……但同時也不是。小說有彈性，可以延展環繞確切的事實，再將之碾壓成形，創造出故事。歷史上真的有八個（不是九個）男孩和三名成人從赫塔島前往阿明岩（別名戰士岩），並受困了九個月。

他們全部成功生還。雖然難以置信，但他們確實活了下來。只有靠平日就極為困苦的生活，才讓他們具備能力渡過難關。

我們不知道那段期間他們怎麼想，做了什麼事，沒有人記錄下來。記錄只顯示赫塔島在傳染病肆虐後，由他處的新家庭「恢復人口」。我第一次聽聞這起事件時，腦中充滿問題：受困的人怎麼過活？他們認為家鄉發生了什麼事？什麼支撐他們活下去？九個月會留下什麼傷痕？然而，當時似乎沒人想到要問這些問題。他們只是一群「捕鳥人」，替遙遠的島主工作，而島主從未造訪他擁有的偏遠小島。只要鳥肉、油和羽毛源源不絕的來，聖基爾達群島便完成了使命。

我留到最後再來糾正最悲哀的謊言。捕鳥隊終於從岩柱回到赫塔島時，他們並沒有發現好幾個人還活著，而是只剩一個人。

兩個世紀後，依赫塔島民的請求，政府在一九三〇年撤離了最後三十六名居民。這些人來自沒有樹的島嶼，許多卻進了林業工作！最後一名存活的島民瑞秋・吉利斯最近才過世，享耆壽九十三歲。

現在赫塔島位處世界的邊陲，坐落在波濤洶湧的大海和狂暴的天氣之中。當地仍保有震懾的美景、陰鬱成群的海岩柱、古老神祕的廢墟、失去屋頂的房子……無疑也會有愛的蹤跡，像羊毛卡在石牆上。當地俗話說：「世界末日降臨時，只有音樂與愛能存活」。雖然訪客來來去去，島上已沒有住民唱歌了……除非是地下喃喃自語的海鸚，咩咩叫的羊群，以及上空盤旋的海鳥。

聖基爾達群島的鳥類

大海雀
(GAREFOWL/GREAT AUK)

大海雀的體長近一公尺，在陸地上動作笨拙，無禦敵能力，但在水中行動靈活。在礁岩上曾有大規模的大海雀繁殖群，由於人類獵捕，世上最後一隻大海雀死於一八四四年。

北極海鸚
(ATLANTIC PUFFIN)

這種嬌小美麗的海雀飛行時，每分鐘會拍動四百下翅膀。北極海鸚在岩石縫隙或土壤地道築巢，繁殖季過後，巨大鮮豔的鳥喙會脫落。

普通鸌
(MANX SHEARWATER)

普通鸌可活到五十歲以上。牠們通常在地底下築巢，會發出怪異的叫聲。

暴風鸌
(FULMAR)

暴風鸌飛起來優雅有型，能滑翔、傾斜飛行，甚至能乘著海岸懸崖邊的上升氣流。遭到威脅時，牠們會從胃中吐出惡臭的油狀物質。

普通海鴉
(GUILLEMOT)

這種黑白相間的鳥兒大半輩子都住在海上。不過依照鳥兒的日曆，冬天過後海鴉會率先回到陸地，趁著破曉前的黑暗溜上岸。

飛行

北鰹鳥
(GANNET)

北鰹鳥的嘴喙裡有鼻管，臉部和胸口「填墊」了氣囊，眼睛善於判斷距離，因此牠們能以時速一百公里的速度潛入海裡。北鰹鳥屬於大鰹鳥屬（*Morus*），原文是「愚蠢」的意思，意指牠們很容易捕殺。

警戒

咕嘎
(GUGA)

北鰹鳥的幼鳥。巨大堅固的鳥蛋孵化後，幼鳥會迅速長得肥嘟嘟毛茸茸，接著會換羽。幼鳥的肉曾是備受推崇的佳餚。

大黑背鷗
(GREAT BLACKBACKED GULL)

大黑背鷗的個性好鬥強悍，會對其他鳥類、魚群、動物和人類發起凶猛的攻擊。牠們也會發出符合個性的邪惡低沉「笑聲」：咖嘎嘎。

海燕
(STORM PETREL)

海燕為一種海鳥，會在海面覓食，由於看似能在水面行走，因此得到「聖彼得」的暱稱。碰上暴風雨時，牠們會躲在船的背風面。迷信的水手認為牠們是海中殘酷船長的鬼魂，或「聖母瑪利亞」警示暴風雨即將來襲的預兆。

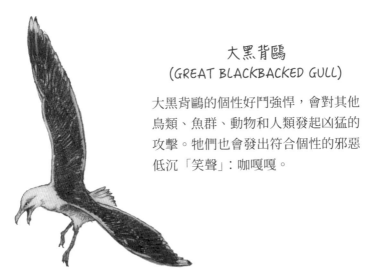

名詞解釋

聖基爾達群島 蘇格蘭西北方群聚的島嶼和海岩柱

心肝 我的寶貝

廢渣 笨拙愚蠢的人；修補過的鞋

小厝 小屋或村舍，這裡指庇護住所

儲藏塔 石塊打造的低矮小塔，以石頭當作蓋子，用來風乾鳥兒

喉囊 鳥類食道內的囊袋，可以軟化食物，準備消化

陡坡 悠長陡峭的斜坡

舷緣 無屋頂船隻的邊緣

恬恬 安靜，噓聲

聖殿 教堂，特別是蘇格蘭長老教會教堂

背風處 可避風的地點

巨靈　《聖經》中的海怪，通常推論是鯨魚

牧師館　長老教會牧師的住所

小偷　竊賊

半魚人　人魚

披肩　方格花紋的長條布料，披在肩上

田地　家庭的可耕地，用來種植蔬菜和作物

海豹女　美人魚：在海中是海豹，在陸地上是女人

岩柱　垂直露出海面的一大群岩石

火種盒　裝火種、打火石和鋼鐵的盒子，用來點火

穿燭芯　把燭芯穿過滿腹是油的鳥兒，將鳥做成蠟燭

謝辭

我很感謝世界永不停歇提供我們能講的故事，但從故事的初始概念到完成一本書，還有很遙遠的距離。感謝Rebecca Hill和Peter Usborne接納我的手稿，以及Anne Finnis幫忙擦亮它的臉，拉齊它的百褶裙，還修正一、兩個地方。感謝Mairi Mackinnon和John Love提供語言及野外生物的資訊，並希望他們原諒我的無知。感謝我的先生John在出版前的各個階段，針對這本書給予第二、第三和第四次的評論。

我必須歸功給我研究參考的數本紀實作品作者，尤其是Tom Steel無價的巨作《聖基爾達群島的生與死》（*The Life and Death of St Kilda*）、Charles Maclean寫的《世界邊緣的島嶼》（*Island on the Edge of the World*），以及其他我參考的作品作者。同樣感謝Jane Milloy繪製可愛的鳥類插圖，以及Ian McNee畫的地圖。

謝謝Ailsa Joy寫了《基爾達群島的最後一人》（*The Last Man on Kilda*）這齣

劇，並把她在寫作過程收集的研究資料和故事送給我，其中包括受困捕鳥隊的故事。Ailsa、Andrew Gourlay和整個Gourlay家族讓我從未造訪的地點在眼前成真。更重要的是，他們讓聖基爾達群島古怪原始的奇觀活了過來。

最後我要感謝你讀了這本書。少了讀者，書不過是一堆卡在岩石縫隙裡的紙頁，在風中翻飛。

故事館
小麥田 荒島男孩

作　　者　潔若婷．麥考琳（Geraldine McCaughrean）
譯　　者　蘇雅薇
封面插畫　徐至宏
封面設計　達　姆
校　　對　呂佳真
責任編輯　巫維珍

國際版權　吳玲緯
行　　銷　闕志勳　吳宇軒　陳欣岑
業　　務　李再星　陳紫晴　陳美燕　葉晉源
編輯總監　劉麗真
總 經 理　陳逸瑛
發 行 人　凃玉雲
出　　版　小麥田出版
地址：10483台北市中山區民生東路二段141號5樓
電話：(02)2500-7696
傳真：(02)2500-1967
發　　行　英屬蓋曼群島商家庭傳媒股份有限公司城邦分公司
地址：10483台北市中山區民生東路二段141號11樓
網址：http://www.cite.com.tw
客服專線：(02)2500-7718｜2500-7719
24小時傳真專線：(02)2500-1990｜2500-1991
服務時間：週一至週五09:30-12:00｜13:30-17:00
劃撥帳號：19863813　戶名：書虫股份有限公司
讀者服務信箱：service@readingclub.com.tw
香港發行所　城邦（香港）出版集團有限公司
地址：香港灣仔駱克道193號東超商業中心1樓
電話：+852-2508-6231
傳真：+852-2578-9337
馬新發行所　城邦（馬新）出版集團Cite(M) Sdn. Bhd.
地址：41, Jalan Radin Anum, Bandar Baru Sri Petaling,
57000 Kuala Lumpur, Malaysia.
電話：(603) 9056 3833
傳真：(603) 9057 6622
讀者服務信箱：services@cite.my
麥田部落格　http://ryefield.pixnet.net
印　　刷　漾格科技股份有限公司
初　　版　2021年9月
初版二刷　2022年10月
售　　價　350元

ISBN 978-626-7000-05-2
電子書：9786267000069（EPUB）
Printed in Taiwan.
本書若有缺頁、破損、裝訂錯誤，請寄回更換。

國家圖書館出版品預行編目資料

荒島男孩／潔若婷．麥考琳（Geraldine McCaughrean）著；蘇雅薇譯. -- 初版. -- 臺北市：小麥田出版：英屬蓋曼群島商家庭傳媒股份有限公司城邦分公司發行, 2021.09
面；　公分. --（故事館；99）
譯自：Where the world ends
ISBN 978-626-7000-05-2（平裝）

873.596　　110010005